Maria Seidemann · An einem Freitag im Mai

Maria Seidemann

An einem Freitag im Mai

Ellermann Verlag

Maria Seidemann

wurde 1944 bei Leipzig geboren. Sie studierte Geschichte und arbeitet seit 1970 als Autorin. Sie lebt in Potsdam und schreibt Bücher, Drehbücher und Hörspiele für Kinder und Erwachsene.

Dieses Buch ist nach den neuen
Regeln der Rechtschreibreform gesetzt.

5 4 3 2 1   00 99 98 97

Umschlagillustration: Bernhard Förth
© 1997 Verlag Heinrich Ellermann, München
Printed in Germany
ISBN 3-7707-3051-8

Inhaltsverzeichnis

1. Das Haus in der Zeppelinstraße

An einem Freitag im Mai

An einem Freitag im Mai wurde Hannas Vater verhaftet.

Bis zu diesem Tag befand Hanna sich im Einklang mit der Welt, in der sie lebte. Ihre Welt: das waren ihre Eltern und ihr jüngerer Bruder Tommi, das Haus in der Zeppelinstraße, die Stadt Potsdam und das Land DDR, das von einer Mauer umgeben war, so dass niemand es ohne Erlaubnis verlassen konnte.

Hanna hatte nie den Wunsch verspürt, dieses Land zu verlassen.

Sie kannte kein anderes. Sie lebte gern in der Zeppelinstraße, in der schönen Stadt mit den Schlössern, den vielen Seen und mit der Mauer, die schon in der grünen Parklandschaft gestanden hatte, als Hanna vor dreizehn Jahren geboren wurde.

Aber seit diesem Abend im Mai 1989 änderte sich Hannas Welt.

In der Nacht zog ein Gewitter über die Stadt und Hanna konnte nicht schlafen. Es war eins der üblichen Frühjahrsunwetter mit blauen Blitzkaskaden, explosionsartigem Donner und gewaltigen Regenmassen, vor denen die uralte Potsdamer Kanalisation regelmäßig kapitulierte. Hanna hörte den Regen aufs Dach prasseln und durch die klapprigen Fallrohre hinabstürzen. Bei jedem Donnerschlag bebte das alte Haus, und auf dem Regal klirrte der bunte Gipsvogel, den die Oma aus Moskau mitgebracht hatte. Tommi schlief fest. Als die Türglocke anschlug, dachte Hanna: Papa hat seinen Schlüssel vergessen. Im Dunkeln tappte sie hinaus, um ihn zu fragen, wie seine Lesung verlaufen wäre. Im Flur stand aber nicht der Vater, sondern Frau Aveling aus der Dachwohnung. Frau Aveling legte Vaters Autoschlüssel und die kleine Ledertasche mit den Wagenpapieren auf den Garderobenschrank und die Mutter sagte mit einer ganz fremden, heiseren Stimme: »Nein! Nein!« Sie schlug die Hände vors Gesicht und fing laut an zu weinen.

Frau Aveling packte die Mutter und schüttelte sie. »Frau Herold! Frau Herold!! Sie müssen sich jetzt zusammenreißen! Weinen können Sie nachher. Helfen Sie Ihrem Mann!«

»Was ist mit Papa?«, stammelte Hanna und starrte den Autoschlüssel an. »Ist er...?«

»Nein, kein Unfall. Dein Vater ist nach seiner Lesung in Mahnsdorf festgenommen worden. Ich war dort, ich hab alles gesehen. Habt ihr Kognak oder so was? Beweg dich, wir müssen uns beeilen.«

Hanna rannte in Vaters Zimmer und holte die Flasche, die dort für Besucher stand. Frau Aveling flößte der Mutter ein Glas Wodka ein und sagte: »Ich bin mit Ihrem Auto gekommen. Es steht auf dem Parkplatz hinter der Bäckerei. Am besten lassen Sie es dort stehen, bis die Durchsuchung vorbei ist.«

Endlich machte die Mutter den Mund auf: »Durchsuchung? Was meinen Sie denn?«

»Die Männer vor der Kirche waren garantiert nicht von der Kriminalpolizei. Die waren von der Stasi. Morgen früh beim Hellwerden stehen die vor Ihrer Tür und wollen die

9

Papiere Ihres Mannes abholen – belastendes Material, Manuskripte, Aufzeichnungen, Briefwechsel, Tonbänder, was weiß ich. Ihr Mann sprach in Mahnsdorf von einem neuen Roman, an dem er arbeitet. Wo ist das Manuskript?«

Die Mutter schüttelte Frau Avelings Arm von ihrer Schulter. »Wieso soll ich Ihnen vertrauen? Wenn Sie so genau wissen, was die Stasi vorhat, gehören Sie womöglich dazu. Mein Mann ist verhaftet und Sie haben die Autoschlüssel!« Die Mutter lachte hysterisch auf. »Verschwinden Sie aus meiner Wohnung!«

»Frau Herold! Mein Bruder ist der Pfarrer in Mahnsdorf, der Ihren Mann zu der Veranstaltung in seiner Kirche eingeladen hat. Und ich – ich hab schon mal gesessen. Starren Sie mich nicht so an. Suchen Sie die Papiere zusammen, von denen Sie glauben, dass sie für die Stasi interessant wären. Wenn die nichts finden, kommt Ihr Mann bestimmt bald wieder nach Hause.«

»Das mache ich! Aber ohne Sie!« Die Mutter verschwand im Arbeitszimmer.

Hanna fror. Ihre Zähne schlugen aufeinander. Warum schwieg Frau Aveling jetzt, warum erklärte sie ihr nicht, was das alles zu bedeuten hatte?

»Wo ist mein Vater?«, fragte Hanna schließlich. »Was hat er gemacht?«

»Nichts«, sagte Frau Aveling.

»Wegen nichts wird doch niemand verhaftet!«

»Sei endlich still!«, schrie die Mutter aus dem Arbeitszimmer. »Bitte!«

»Aber ich will es wissen!«, schrie Hanna zurück. »Was hat Papa verbrochen? Wieso Stasi?!«

»Nicht so laut, ich erklär's dir!«, sagte Frau Aveling. »Du weißt, was Stasi bedeutet? Staatssicherheitsdienst – das ist so eine Art Geheimpolizei. Dir ist wohl klar, dass du alles, was hier heute Nacht gesprochen wird, für dich behalten musst? Dein Vater ist nicht verhaftet worden, weil er ein Verbrechen begangen hat. Er hat den Leuten in der Kirche seine Gedanken mitgeteilt, und die Gedanken eines Schriftstellers können in den Augen der Stasi genauso gefährlich sein wie eine Bombe. Weil man nicht kontrollieren kann, was in den Köpfen vorgeht, verstehst du?«

Hanna nickte verwirrt. Aber sie verstand nicht. Sie war schon manchmal mit dem Vater mitgefahren, wenn er in einer Bibliothek oder einem Kulturhaus eine Veranstaltung hatte. Der Vater las aus seinem neuen Buch und hinterher stellten die Leute Fragen zu seiner Arbeit. Zum Schluss bekam er Applaus und einen Blumenstrauß. Hanna war immer stolz darauf gewesen, dass ihr Vater ein Schriftsteller war, den alle kannten, über den die Zeitungen schrieben.

Sie musterte Frau Aveling. Die Mutter hatte Recht: Eigentlich wussten sie gar nichts über sie, obwohl sie schon jahrelang im selben Haus wohnten. Frau Aveling war ungefähr dreißig Jahre alt und Straßenbahnfahrerin. Man hörte sie manchmal Klavier spielen, sie lebte allein in der Mansardenwohnung und das war schon alles, was Hanna über Frau Aveling hätte sagen können. Sie war gar keine richtige Nachbarin. Richtige Nachbarn, das waren Lombachs im ersten Stock, die Eltern von Olli und Katja, Hannas besten Freunden. Lombachs würde die Mutter sofort vertrauen, wenn sie in der Nacht klingelten und nach Vaters Manuskript fragten. Aber Lombachs interessierten sich nicht für

11

Manuskripte und sie waren noch nie bei einer von Vaters Lesungen gewesen.

»Sieh nach, was deine Mutter macht«, drängte Frau Aveling. »Habt ihr einen stabilen Koffer?«

Die Mutter hockte zusammengekrümmt auf dem Sofa in Vaters Zimmer. »Das kann nur ein Missverständnis sein!«, schluchzte sie. »Klaus ist doch kein Staatsfeind!«

»Ich weiß, Frau Herold. Aber sein letzter Roman ist nicht in der DDR erschienen, sondern in Hamburg.«

»Sie haben Recht«, sagte plötzlich die Mutter mit ihrer normalen Stimme. »Es hat keinen Sinn, sich Illusionen zu machen.« Sie begann, Fächer zu öffnen, suchte Aktenordner und Mappen zusammen, raffte die vielen Dutzend Notizzettel zu Bündeln und schob sie in große Briefumschläge.

Hanna holte aus der Kammer den kleinen gelben Lederkoffer, den der Vater vor drei Jahren aus China mitgebracht hatte und den sie nie benutzten, weil er so schwer war. Die Papiere füllten den Koffer genau aus, als wäre er dafür gemacht worden.

»Ich habe morgen Frühschicht«, sagte Frau Aveling. »Den Koffer nehme ich mit ins Straßenbahn-Depot und bringe ihn nach der Arbeit zu meinem Bruder.«

Mitternacht war vorüber, als die Mutter Hanna ins Bett schickte. Hanna protestierte und wollte im Wohnzimmer bleiben, um wenigstens noch zu hören, was eigentlich in Mahnsdorf geschehen, warum der Vater verhaftet und wohin er gebracht worden war.

»Jetzt nicht, Hanna«, sagte die Mutter. »Morgen.«

Und Frau Aveling nickte, als wäre sie es, die jetzt in dieser Familie das Sagen hätte.

Grauer Morgen

Auf seinem Bett im Kinderzimmer kauerte Tommi und sagte: »Ich geh nicht ins Kinderheim.«

»Du träumst noch«, antwortete Hanna. »Schlaf einfach weiter.«

»Als Silkes Mutter im Knast war, ist Silke ins Kinderheim gekommen. Silke aus meiner Klasse. Sie musste dann in eine andere Schule. Ich geh nicht ins Heim. Lieber hau ich ab.«

Jetzt erst fiel die Angst über Hanna wie eine schwarze Glocke. Sie hatte sich von Frau Avelings Besonnenheit beeindrucken lassen, aber was würde morgen passieren, wenn die Stasi ihre Wohnung durchsuchte? Würden sie dann mitgenommen und verhört? Tommi hatte Recht: Kinder, deren Eltern eingesperrt werden, müssen ins Heim. »Papa kommt zurück«, sagte sie, und ihre Stimme zitterte nur wenig. »Er hat nichts verbrochen. Du kannst doch nicht einfach weglaufen und uns allein lassen. Wir müssen jetzt zusammenhalten.«

Tommi sagte: »Ich würde über die Glienicker Brücke abhauen, nach Westberlin rüber.«

»Du spinnst ja!«, fauchte Hanna. »Die Brücke ist mit Gittern versperrt, mit Stacheldraht, die ist vermint, da wird auf jeden geschossen, der sich der Grenze nur nähert und das weißt du ganz genau, auch wenn du erst elf bist. Wir müssen nicht ins Heim, wir haben doch noch Mama. Silke war mit ihrer Mutter allein. Außerdem hat Silkes Mutter

Geld geklaut. Papa klaut nicht, klar? Und jetzt schlaf, morgen wird bestimmt alles gut.«

»Kann ich nicht zu dir...?«

»Na gut«, sagte Hanna.

Tommi kroch zu seiner Schwester ins Bett und schlief tatsächlich wieder ein, dicht an sie gekuschelt.

Hanna aber lag wach. Sie hörte das Gemurmel der beiden Frauenstimmen hinter der Wand, sie hörte, wie Frau Aveling die Wohnung verließ. Sie hörte das Gewitter abziehen, hörte die erste Straßenbahn und das Müllauto, die Amsel auf der Fernsehantenne und die fernen Glocken von der Kapelle des Krankenhauses St. Josef. Und sie wartete auf Schritte im Treppenhaus, auf Schläge gegen ihre Wohnungstür, auf fremde Stimmen in ihrem Korridor.

Als nebenan Mutters Wecker klingelte, dachte Hanna: Wir können doch nicht so weitermachen, als wäre nichts gewesen? Aufstehen, in die Schule gehen, wie jeden Tag? Und doch stand sie auf, als die Mutter an die Kinderzimmertür klopfte, als wäre ein ganz normaler Tag, als hätte sich nichts geändert. Sie schlug die Decke zurück, und da entdeckte sie den nassen Fleck auf ihrem Laken.

»Tommi!«, schrie sie empört.

»Ich kann nichts dafür«, murmelte Tommi.

Hanna riss das Laken herunter und stopfte es im Bad in die Waschmaschine. Auch ihre Matratze war nass, aber sie bremste ihren Zorn. Tommi konnte ja wirklich nichts dafür. Aber nie mehr würde sie ihn in ihrem Bett schlafen lassen! Immer wenn er krank wurde oder in der Schule Ärger hatte, machte Tommi ins Bett. Die Eltern trösteten ihn und behaupteten, das würde irgendwann von selber aufhören.

Aber es passierte immer wieder und im Winter war Tommi deswegen von der Klassenfahrt nach Hause geschickt worden. Seitdem wusste die ganze Klasse, dass Tommi Bettnässer war und Danuta Sasse hatte sich geweigert, weiter neben Tommi zu sitzen.

»Wann kommt Papa zurück?«, fragte Tommi beim Frühstück.

Die Mutter antwortete nicht. Sie stand am Fenster und starrte hinaus in den Hof, den der riesige Kastanienbaum fast ausfüllte. Weiße Blüten wehten vom Baum über den Hof, kleine abgewelkte Kastanienblüten. Hanna wartete. Jetzt musste ihnen die Mutter doch erzählen, was sie in der Nacht von Frau Aveling gehört hatte! Jetzt würden die Kinder endlich erfahren, was dem Vater zugestoßen war und was das alles bedeutete. Aber die Mutter sagte kein Wort und das Schweigen in der Küche wuchs wie eine Nebelwand.

Hanna stand auf und stellte sich neben die Mutter. »Mama!«, sagte sie bittend.

Stumm wies die Mutter mit der Hand in den Hof, der sich nach dem Gewitter in eine Sumpflandschaft verwandelt hatte. Vorn an der Straße hielt ein graues Auto. Vier Männer stiegen aus. Einer blieb neben dem Wagen stehen, die anderen wateten durch die Pfützen auf das Haus zu. Hanna blickte hinaus. Auf seltsame Weise rückte das Geschehen plötzlich von ihr weg, als wären die vier Männer nur Figuren in einer Filmszene und der Hof eine Kulisse, gerahmt vom Rechteck des Fensters. Zum ersten Mal sah Hanna ihren Hof so, wie er wirklich war: eine matschige Fläche, zu beiden Seiten umstellt von den unverputzten

15

Brandmauern der Nebenhäuser. Die Einschusslöcher aus den letzten Kriegstagen waren nie ausgebessert worden. Dass der Hof viel größer war als die Nachbarhöfe lag nur daran, dass das zerbombte Vorderhaus nach dem Krieg abgerissen worden war – aus dem Küchenfenster konnte man bis hinaus zur Zeppelinstraße sehen und auf die gegenüberliegenden Häuser, die genauso verfallen waren wie ihr eigenes Hinterhaus. Nur der Kastanienbaum, der war etwas Besonderes, Lebendiges, Schönes. Aber für ihn hatte Hanna jetzt keinen Blick übrig. Sie beobachtete die Männer, die sich dem Haus näherten. Ihre Mäntel waren so grau wie das Auto, aus dem sie gestiegen waren, so grau wie der Hof, wie der Himmel.

Die Klingel an der Wohnungstür schrillte. Hanna zuckte zusammen. Jetzt endlich erwachte auch die Mutter aus ihrer Erstarrung. »Ihr verschwindet jetzt, sofort. Nehmt euren Schlüssel mit. Wenn ich am Abend noch nicht wieder zu Hause bin, geht ihr hoch zu Lombachs und erzählt alles. Verstanden? Und ich will, dass ihr stark seid.«

Die Geschwister nickten.

»Stark!«, wiederholte die Mutter und umarmte die Kinder hastig.

»Du zitterst ja«, sagte Tommi.

Hanna wollte etwas sagen, was der Mutter Mut machte, aber sie konnte vor lauter Angst nicht sprechen. Schweigend schob sie Tommi zur Tür.

Im Treppenhaus standen die Lombach-Zwillinge Olaf und Katja, wie jeden Morgen. Katja sah Hanna an und lachte. »Wie siehst du denn aus? Hast du vergessen, dich zu kämmen?«

Und Olaf fragte, ob Hanna krank wäre. »Du hast ganz dunkle Augenringe.«

Da fing Hanna an zu weinen. Sie konnte doch jetzt nicht in die Schule gehen und die Mutter allein lassen mit diesen Männern! Sie würden die Wohnung durchwühlen auf der Suche nach Beweisen für Papas Schuld und die Mutter mitnehmen, und dann...

»Was hast du denn?«, fragte Olli noch einmal. »Ist was passiert?«

Hanna konnte nur nicken.

Die Haustür wurde aufgestoßen und die drei Männer stiegen die wenigen Stufen bis zu Herolds Wohnung hinauf, eine nasse Schmutzspur hinter sich herziehend. Als hätte sie hinter der Tür auf ein Stichwort gelauert, steckte die alte Frau Gutowski von gegenüber den Kopf aus ihrer Wohnung. »Putzen Sie sich gefälligst die Schuhe ab!«, schimpfte sie. Als die Männer wortlos weitergingen, merkte Frau Gutowski, dass hier wohl etwas Außergewöhnliches im Gange war und sie huschte auf die Treppe hinaus, um ja nichts zu verpassen.

Oben im zweiten Stock knallte die Tür. Die Treppe ächzte unter den Sprüngen von Peter Peters, den alle Peepee nannten – alle, nur seine Eltern nicht. Mit jedem Schritt nahm Peepee mehrere Treppenstufen, und mit einem lauten Satz landete er bei seinen Freunden, direkt vor Frau Gutowskis Füßen.

»Du sollst nicht immer solchen Lärm machen im Treppenhaus!«, sagte die alte Frau böse.

Die Kinder verließen das Haus, als die Männer an der Tür klingelten.

»Du weinst ja!«, sagte Peepee. »He, was hat sie denn? Was sind das für Typen an eurer Tür?!«

Tommi blieb stehen. »Papa ist heute Nacht verhaftet worden und diese Typen werden jetzt unsere Wohnung durchwühlen. Und wenn ihr nur ein einziges Wort davon weitererzählt, seid ihr nicht mehr unsere Freunde.«

Erschrocken fragte Olli: »Verhaftet? Weswegen denn?«

Aber Peepee sagte nur: »Frag nicht so blöd. Ihr Vater hat ein Buch im Westen veröffentlicht. Hat doch in der Zeitung gestanden, und dass er darin die Verhältnisse in der DDR kritisiert.«

Hanna schüttelte verzweifelt den Kopf. »Das stimmt überhaupt nicht! Das Buch handelt von der Revolution in Frankreich, vor zweihundert Jahren! 1789! Das hat überhaupt nichts mit der DDR zu tun!«

»Ganz egal, jedenfalls brauchen Hanna und Tommi unsere Hilfe, stimmt's? Wir treffen uns in der großen Pause neben dem Heizungskeller. Da besprechen wir dann alles.« Er legte Hanna den Arm um die Schultern, nahm ihr die Mappe aus der Hand und ging so mit ihr über den Hof, quer durch die Pfützen, auf denen herabgefallene Kastanienblüten schwammen.

Olli und Katja fassten Tommi rechts und links an der Hand und so liefen sie alle fünf an dem Mann vorbei, der an dem grauen Auto lehnte, ein Sprechfunkgerät in der Hand hielt und die Kinder überhaupt nicht beachtete. Er reagierte auch dann nicht, als Olli, Katja und Tommi, als hätten sie sich vorher abgesprochen, mit Schwung durch die Pfützen stampften, so dass ein schmutziger Wasserschwall gegen die Autotüren klatschte.

Mit gesenktem Kopf trottete Hanna neben Peepee her. An jedem anderen Tag wäre sie glücklich gewesen über seinen Arm auf ihrer Schulter. Aber heute war sie nur froh, nicht allein gehen zu müssen, ihr wäre jeder Arm recht gewesen. Irgendetwas in ihr zitterte unaufhörlich.

Vertrauen

Olli und Katja schickten ihre kleine Schwester weg: »Heute nicht, Paulinchen, heute müssen wir Großen was ganz Wichtiges besprechen.«

»Und Tommi?«, maulte Pauline. »Ist der etwa groß?«

»Tommi muss bleiben«, sagte Peepee. »Aber du kannst uns helfen, willst du? Dann pass auf, dass Miss Piggy uns nicht zu nahe kommt. Sie darf nicht hören, was wir zu bereden haben.«

Bereitwillig zog Pauline ab, um Danuta Sasse, genannt Miss Piggy, zu bewachen, die zwar im gleichen Haus wohnte, die aber niemand leiden konnte, weil sie eine Angeberin war.

Die Freunde hockten auf dem Eisengeländer der Treppe, die zum Heizungskeller führte.

»Also«, sagte Peepee. »Wir können nichts tun, damit euer Vater wieder nach Hause kommt. Aber falls es länger dauert...«

»Nein«, unterbrach ihn Hanna. »Das kann gar nicht sein. Bestimmt ist das alles nur ein Irrtum. Papa würde sich nie gegen den Sozialismus stellen oder gegen die DDR, alle in unserer Familie sind in der Partei, meine Oma hat zehn Jahre im Zuchthaus gesessen bei den Nazis und mein Opa ist gestorben, weil...«

»Das wissen wir doch alles«, sagte Katja. »Aber was sollen wir denn machen?«

Peepee wollte antworten, aber Olli schnitt ihm das Wort ab. »Falls du jetzt 'ne längere Rede halten willst – das spar dir mal heute ausnahmsweise. Oder hast du 'ne konkrete Idee, wie wir Hanna helfen können?«

Nein, Peepee hatte keine konkrete Idee. »Vielleicht können wir rausfinden, was dahintersteckt? Bestimmt hat ihn jemand denunziert. Womöglich sogar einer aus dem Haus.«

Katja tippte sich an die Stirn. »Du spinnst ja!«

Doch Peepee ließ sich nicht unterbrechen. »Wir überlegen einfach mal, zu wem wir im Haus absolutes Vertrauen haben können, und bei wem wir uns vorsehen müssen.«

»Unsere Alten«, sagte Olli sofort, »die sind hundertprozentig in Ordnung. Schließlich sind sie Herolds Freunde. Sie haben sich schon immer geholfen, seit wir alle Wickelkinder waren.«

Katja nickte. »Unsere Mütter haben sich gegenseitig versprochen, wenn mal eine krank wird oder einen Unfall hat, dass sich die andere um die Kinder kümmert.«

Zögernd sagte Peepee: »Bei meinen Eltern wäre ich mir nicht sicher.«

»Warum?«, wunderte sich Katja. »Weil deine Mutter unsere Klassenlehrerin ist? Eigentlich ist sie gar nicht so übel. Und dein Vater – ihr geht doch sogar zusammen zum Kraftsport!«

»Haben sie etwa heute früh was mitbekommen?«, fragte Tommi.

»Weiß nicht«, sagte Peepee. »Aber das meine ich nicht. Sie sind so... Sie sagen immer das, was von ihnen erwartet wird, versteht ihr?«

Die anderen schwiegen unbehaglich. Hanna dachte: Wie kann man so über seine Eltern sprechen? Aber Peepee ist kein Schwätzer, wenn er sich auch gerne reden hört – der sagt so was nicht ohne Grund. Und sie erinnerte sich wieder an das warme Gefühl von vorhin, als Peepee den ganzen Schulweg über den Arm auf ihrer Schulter hatte und alle konnten es sehen.

»Was ist mit Sasses?«, fragte Tommi.

Die anderen verdrehten die Augen. Herr Sasse war ein unerträglicher Wichtigtuer, einer, der gerne jemanden zurechtwies, der seine Meinung für die einzig richtige hielt. Er arbeitete beim Rat des Bezirkes und glaubte, dass er deswegen eine Autorität für alle Nachbarn darstellte. Seinen Ärger darüber, dass ihn trotzdem niemand im Haus ernstnahm, reagierte er an seiner Frau ab. Oft drang aus Sasses Wohnung lautes Gezänk. Nach Ollis Überzeugung blieb Frau Sasse nur deswegen bei ihrem Mann, weil sie nicht zurückwollte nach Polen. Frau Sasse stammte aus Schlesien, sie war Übersetzerin und immer freundlich, aber sie sprach nie viel.

Tommi sagte: »Und Miss Piggy – die quatscht doch alles nach, was ihr Vater sagt, außerdem petzt sie.« Er wusste, wovon er redete, denn Danuta ging schließlich in seine Klasse.

»Der Sasse«, sagte Olli verächtlich, »der wird garantiert über euren Vater nur Schlechtigkeiten erzählen, falls die ihn fragen. Der ist doch so geil drauf, dass er befördert wird und 'ne größere Wohnung bekommt, vielleicht hofft er, dass er eure Wohnung kriegt, wenn...«

»Wenn sie meine Mutter auch noch verhaften, meinst du!«, fauchte Tommi.

Olli schlug die Augen nieder. »Kann doch sein, oder?«

»Und Gutowskis?«, fragte Peepee. »Der alte Gutowski ist ein Giftzahn. Wenn der erfährt, dass sie euren Vater verhaftet haben, wird er sich beschweren, dass er mit Kriminellen in einem Haus wohnen muss.«

»Das glaub ich nicht«, sagte Hanna. »Du musst nicht von allen Leuten nur das Schlechteste denken. Gutowski hält den Hof in Ordnung, er ist sehr fleißig und er hat sich noch nie dafür interessiert, was meine Eltern tun oder denken.«

»Naja, aber unterm Strich«, meinte Katja, »wenn ihr wirklich jemanden braucht – da habt ihr nur uns und unsere Eltern.«

Tommi sagte: »Niemand darf erfahren, dass Papa verhaftet wurde.«

Olli lachte böse. »Alle werden es erfahren, da kannste ganz sicher sein. Und alle werden sich die Mäuler zerreißen. Was ist eigentlich mit der Aveling?«

Hanna zwickte Tommi in den Rücken. »Kein Wort!«, zischte sie.

»Ach, die!« Peepee winkte ab. »Von der wissen wir doch am allerwenigsten. Seid lieber vorsichtig ihr gegenüber. Wenn wir etwas für Hanna und Tommi tun wollen, müssen wir erst mal erfahren, was ihrem Vater vorgeworfen wird, ob er vor Gericht kommt, ob eure Mutter auch verhört wird, ob...«

»Hör auf!«, schrie Hanna. »Was wir hier reden, ist völlig

unnütz. Papa wird zurückkommen. Alles wird sich auf-
klären.«

»Ja, sicher!«, sagte Olli beruhigend.

»Eure Oma!«, rief Katja plötzlich. »Du hast doch erzählt,
die hat Freunde, ganz oben in der Partei. Deine Oma kann
bestimmt was für deinen Vater tun!«

Hanna schüttelte den Kopf. »Oma ist in der Sowjetunion.
Auf der Krim, in einem Sanatorium, noch mindestens sechs
Wochen. Aber ich schreibe ihr einen Brief, gleich heute! Sie
muss unbedingt etwas unternehmen! Sie hat auch Freunde
in Moskau, von früher!«

Tommi bemerkte als erster, dass der Direktor neben der
Treppe stand. Direktor Knecht lächelte die fünf Freunde mit
kalten Augen an und fragte: »Naaa, worüber diskutiert ihr
denn so eifrig?«

»Über nichts«, antwortete Peepee, ebenfalls lächelnd.

»Sooo«, sagte Knecht gedehnt. »Das ist ja sehr interessant! Ich möchte, dass ihr Folgendes zur Kenntnis nehmt:
Ich will keinerlei Unruhe an meiner Schule, verstanden?
Keine provokanten Debatten. Habt ihr das gehört?« Ohne
eine Antwort abzuwarten, drehte sich Knecht um und verschwand im Schulhaus.

»He, was wollte der denn?« Olli schüttelte belustigt den
Kopf. »Was für Debatten?!«

Fassungslos schaute Hanna Peepee an. »Der hat doch Bescheid gewusst! Woher weiß er, was passiert ist? Von dir,
Peepee?!«

»Nein!«

»Wir haben es niemandem sonst erzählt! Du hast alles
deiner Mutter gesagt! Und deine Mutter hat Knecht...«

»Hab ich nicht! Hanna!«

»Verräter!« Tommi rutschte vom Geländer. »Anders kann es gar nicht gewesen sein!«

Auch die Zwillinge wandten sich ab. »Schöner Freund«, zischte Katja.

»Ihr seid doch alle verrückt geworden«, rief Peepee beleidigt. »Das hat man davon, wenn man sich mit Kindern einlässt!« Er strich seine dicken hellblonden Haare zurück und schlenderte betont gelangweilt zum anderen Ende des Hofes, zu seinen Klassenkameraden aus der Achten.

Die Heimat, die schöne...

»*Unsre Heimat,*
das sind nicht nur
die Städte und Dörfer...«

Aus den weit offenen Fenstern des Musikraumes schallte zweistimmig das Lied, das die Schüler der 7 b so gerne mochten, dass sie es zu Beginn jeder Musikstunde sangen. Das Lied zählte die Schönheiten der Heimat auf, die Wälder, die Felder und Wiesen, die Flüsse, die Vögel in der Luft und die Tiere auf der Erde.

»*Und wir lieben die Heimat, die schöne,*
und wir schützen sie,
weil sie dem Volke gehört,
weil sie...«

Ein lautes Krachen störte den harmonischen Klang. Der Gesang versickerte, brach ab. Hanna Herold war mitsamt ihrem Stuhl umgekippt. Tadelnd schüttelte die Musiklehre-

rin den Kopf. Aber als Hanna unsicher vom Fußboden auf-
stand, fragte sie bestürzt: »Was hast du? Bist du krank?«

Hanna flüsterte: »Mir ist schlecht. Ich möchte nach Hause. Bitte!«

»Ja, natürlich. Aber du kannst auf keinen Fall allein gehen. Olaf und Katja, ihr wohnt doch im selben Haus. Ihr begleitet Hanna. Ist deine Mutter zu Hause? Soll ich sie anrufen?«

»Nein, es geht schon wieder«, sagte Hanna und ließ sich
von den Zwillingen aus dem Klassenzimmer führen.

Im Gang begegneten sie ihrer Klassenlehrerin, die gerade
aus dem Zimmer des Direktors kam.

»Das war wohl alles ein bisschen zu viel für dich«, sagte
Frau Peters mitleidig. »Nimm's nicht so schwer, Hanna.
Niemand kann sich seine Eltern aussuchen.«

Olli schloss mit Hannas Schlüssel die Wohnungstür auf.
»Keiner da«, sagte er.

Also doch, dachte Hanna. Dann entdeckte sie die runden
Papiermarken mit dem Staatswappen an der Tür zu Vaters
Arbeitszimmer. Sie klebten genau über der Ritze zwischen
Tür und Rahmen, so dass die Tür nicht mehr geöffnet wer-
den konnte, ohne dass das Papier zerriß.

»Versiegelt!«, flüsterte Olli.

»Hier auch!«, rief Katja aus der Küche.

Hanna sah, dass an der ehemaligen Speisekammer hinter
der Küche, wo die Mutter ihr Fotolabor eingerichtet hatte,
ebenfalls Siegel klebten. Also auch Mama, dachte sie wieder.

Im Wohnzimmer sah es aus wie nach einem Erdbeben.

Die Schranktüren standen offen, der Inhalt der Schubladen lag auf dem Teppich verstreut, dazwischen die abgezogenen Polsterbezüge von Couch und Sesseln. Die nackten Schaumstoffblöcke standen seltsam ordentlich als Stapel auf dem Lattenrost der Couch. Auch im Kinderzimmer waren die Fächer durchsucht worden. Katja räumte schweigend Hannas Pullover und Unterwäsche in den Schrank zurück. Olli stapelte ein paar Bücher ins Regal, aber dann sagte er resigniert: »Dazu brauchen wir den ganzen Tag.«

»Lass liegen«, sagte Hanna. Für wen sollten sie jetzt aufräumen? Für Tommi, damit er keinen Schreck kriegte, wenn er aus der Schule käme? Viel schlimmer als die Unordnung war doch, dass die Männer die Mutter mitgenommen hatten. Hanna erinnerte sich an Tommis nächtliche Angst vorm Kinderheim und spürte, dass die Übelkeit wiederkehrte. Aber die Mutter hatte gesagt: Du musst jetzt stark sein. Ja, Hanna wollte stark sein und versuchen, das Richtige zu tun. Aber was war das Richtige angesichts dieser Verwüstung und der Gewissheit, allein zu sein?

»Ich komme erst mal mit zu euch hoch«, sagte sie zu den Zwillingen.

Olli schnaufte erleichtert. »Klar. Du isst bei uns zu Mittag, und dann sehen wir weiter.«

Da erst entdeckte Katja einen Zettel auf dem Schränkchen im Flur. »Hanna! Deine Mutter ist nicht verhaftet! Sie ist bei uns oben!«

So war es immer bei Lombachs: Wenn jemand Kummer hatte oder wenn ein Problem zu lösen war, versammelte sich die ganze Familie in der Küche, um bei einer ausgiebigen Mahlzeit zu beraten, zu trösten, Pläne zu schmieden. Zu fünft saßen sie dann um den großen runden Tisch: die Eltern Uwe und Renate Lombach, die Zwillinge und die siebenjährige Pauline.

An diesem Samstag vergrößerte sich die Familienrunde. Renate kochte heute für acht und sie ahnte, dass der verwaiste Rest der Herold-Familie von nun an öfter an ihrem Küchentisch sitzen würde. Uwe schob Lisa Herold einen Aschenbecher hin. Hanna konnte sich nicht erinnern, dass ihre Mutter jemals geraucht hätte – aber Lisa paffte nicht wie eine Anfängerin, sondern sog den Rauch mit gierigen Zügen tief in die Lungen. »Ich hab zwei Kinder zu ernähren!«, sagte sie. »Wie soll ich das machen, wenn ich nicht mehr arbeiten kann?! Sie haben mein Fotoarchiv mitgenommen, sämtliches Arbeitsmaterial! Die Dunkelkammer ist versiegelt, dort darf ich nicht mehr rein. Der Vergrößerungsapparat ist beschlagnahmt und der Fotokopierer auch. Die haben mich stundenlang ausgefragt, wo wir den Kopierer herhaben! Mit einem Kopierer kann man nämlich staatsfeindliche Flugblätter herstellen!« Die Mutter stieß mit dem Rauch ein trockenes Lachen aus.

»Flugblätter?«, fragte Hanna ungläubig. »Hat Papa Flugblätter geschrieben??«

»Natürlich nicht«, sagte die Mutter. Den Kopierer hatte der Vater von seinem westdeutschen Verlag bekommen und er hatte sich darüber sehr gefreut, weil dieses Gerät die Arbeit ungeheuer erleichterte. Er brauchte seine Manuskripte nun nicht mehr nach jeder Korrektur neu abzutippen und sie mühsam mit Kohlepapier und Durchschlägen zu vervielfältigen, sondern konnte sie über den Kopierer ziehen, sooft er wollte, ebenso wie Zeitschriftenartikel und Auszüge aus Bibliotheksbüchern, die er für seine Arbeit benötigte und früher immer hatte abschreiben müssen.

»Die haben seinen Schreibtisch ausgeräumt und alles in Säcke verpackt. Sogar den Spruch, der an der Wand hing, haben sie mitgenommen! Das ist alles Belastungsmaterial!« Wieder lachte die Mutter, es klang wie Schluchzen.

Der Spruch hing über Vaters Tisch, solange Hannas Erinnerung zurückreichte. Der Vater hatte ihn ihr vorgelesen, als sie selber noch nicht lesen konnte:

»In unserem erbärmlichen Jahrhundert
kann der Mensch nur sein
Tyrann, Verräter oder Gefangener!«

Diesen Satz von dem russischen Dichter Alexander Puschkin hatte ein Studienfreund aus Moskau für den Vater aufgeschrieben.

Wieso soll das belastendes Material sein, wunderte sich Hanna, Puschkin ist schon so lange tot, über hundert Jahre! Zu Puschkins Zeit herrschte in Russland der Zar und die Leibeigenschaft gab es noch, da zählte ein Menschenleben gar nichts, das waren ganz andere Verhältnisse als heute, als hier. Dieser Satz hat doch nichts mit unserem Leben zu tun, dachte Hanna an Lombachs Küchentisch.

Als Tommi und Pauline aus der Schule kamen, stellte Renate Lombach den Gemüseeintopf auf den Tisch.

»Lisa, du musst was essen!«, verlangte sie.

Aber die Mutter ließ den Löffel neben den Teller sinken. »Sie haben mir nicht mal gesagt, wo Klaus hingebracht worden ist. Und weswegen sie ihn überhaupt verhaftet haben.«

Uwe sagte: »Wir gehen heute Nachmittag mit dir zur Polizei. Und zur Stasi.«

»Heute ist Wochenende!«, warf Olli ein.

Jetzt lachte auch sein Vater auf diese verächtliche Art, das Lachen fuhr aus seinem Mund wie ein ausgespuckter Kirschkern. »Bei der Staatssicherheit gibt's kein Wochenende, darauf kannste dich verlassen, mein Junge!«, sagte er. »Die arbeiten rund um die Uhr! Aber Auskunft müssen sie dir geben, Lisa. Und vielleicht braucht Klaus irgendwas. Schlafanzug, Zahnbürste, Rasierzeug, 'n warmen Pullover! Auf jeden Fall wird er einen Anwalt brauchen, hast du daran schon gedacht?«

Nein, daran hatte die Mutter noch nicht gedacht. »Pullover!? Denkst du etwa, die bringen ihn nach Sibirien?! Ich glaube, dass Klaus morgen oder übermorgen zurückkommt. Oder was meint ihr?« Mit einem flehenden Blick schaute Lisa erst Uwe an, dann Renate.

Aber keiner von beiden antwortete ihr. Plötzlich war es ganz still in Lombachs Küche. Nur Pauline schlürfte laut und unbeeindruckt ihre Suppe.

Die Frau in der Mansarde

Am Samstagnachmittag stieg Hanna die Treppen hinauf, bis unters Dach, und klopfte an die Tür der Mansarde.

Sie war noch nie in dieser Wohnung gewesen und als Frau Aveling ihr die Tür öffnete, erschrak sie über das, was sie sah. Einen Flur gab es nicht. Das einzige Zimmer war zwar ziemlich groß, aber es hatte eine schräge Wand und große nasse Flecken an der Decke. Die Fensterrahmen waren verzogen und mit Leisten notdürftig ausgebessert. Unter der Dachschräge stand ein Kühlschrank, darauf ein Plattenkocher. In der Ecke war ein Waschbecken an der Wand angebracht, darüber hing ein kleiner Warmwasserboiler. In dem Zimmer gab es nur wenige Möbelstücke: eine Liege, einen Schrank und ein Klavier. Neben einer kleinen Kommode lehnten die Einzelteile eines Babybettchens an der Wand.

Frau Aveling schloss die Tür hinter Hanna. »Du guckst so entsetzt?«, fragte sie und lachte. »Ja, ein Palast ist das nicht. Aber ich habe schon mal in einem schlechteren Quartier gewohnt. Ich hab mir gerade Kaffee gekocht. Willst du auch welchen?«

Hanna trank zum ersten Mal in ihrem Leben Bohnenkaffee. Er schmeckte bitter und sie rührte drei Löffel Zucker hinein.

Frau Aveling merkte, dass Hannas Blick in die Ecke neben der Kommode huschte und beantwortete ihre unausgesprochene Frage: »Ich krieg im Oktober ein Kind, ja. Und eine bessere Wohnung werde ich nicht bekommen. Aber wenigstens hat mir die Wohnungsverwaltung versprochen, das Dach auszubessern.«

Hanna wusste nicht, was sie sagen sollte. »Haben Sie gar keine Angst?«, fragte sie schließlich.

»Ich hab mir das Kind doch gewünscht«, sagte Frau Aveling. »Meinst du, weil ich nicht verheiratet bin? Ich kann meinen Freund nicht heiraten.«

Er ist wahrscheinlich schon verheiratet, vermutete Hanna. Sie wunderte sich, dass Frau Aveling mit ihr redete, als wäre sie erwachsen, und dabei kannten sie einander doch überhaupt nicht. Verstohlen musterte sie Frau Aveling. Sie konnte nichts an ihr entdecken, was darauf hindeutete, dass sie in einigen Monaten ein Kind bekommen würde. Ein bisschen rundlich war sie schon immer gewesen, vielleicht hatte deshalb noch niemand etwas von ihrer Schwangerschaft bemerkt. Wieso niemand, dachte Hanna. Wahrscheinlich wissen die Erwachsenen längst Bescheid und tratschen über Frau Aveling, nur mit uns reden sie natürlich nicht darüber.

»Ich meine, ob Sie nicht wegen unserem Koffer Angst haben«, sagte Hanna. »Wenn Sie jemand gesehen hat! Fürchten Sie sich nicht davor, wieder verhaftet zu werden? Wenn Sie ein Baby kriegen...«

Frau Aveling zuckte mit den Schultern. »Mein Kind soll keine feige Mutter haben. Angst macht die Menschen zu Krüppeln. Dein Vater hat auch keine Angst gehabt.« Sie goss Hanna Kaffee nach und nahm sich selber den Rest aus der Kanne. »Jetzt würde ich gerne 'ne Zigarette rauchen«, sagte sie. »Aber ich hab aufgehört, seit ich schwanger bin. Natürlich hab ich Angst. Dass ich gestern Abend alles gesehen habe, war nur ein Zufall.« Frau Aveling erzählte mit ruhiger Stimme, aber ihre Hände krampften sich fest um den Kaffeetopf. Am Freitag nach der Frühschicht war sie mit dem Bus zu ihrem Bruder nach Mahnsdorf gefahren. Im Glaskasten neben dem Pfarrhaus hatte sie die Ankündigung für die Veranstaltung am Freitagabend in der Kirche entdeckt: Der Potsdamer Schriftsteller Klaus Herold liest aus seinem Buch »Das Jahr Neunundachtzig«. Sie kannte den Roman und wollte die Gelegenheit nutzen, ihren Nachbarn Klaus Herold einmal in einer Lesung zu erleben. An der anschließenden Diskussion würde sie sich nicht beteiligen, ganz bestimmt nicht. Denn sie wusste aus eigenem Erleben, dass in solchen Veranstaltungen immer Leute saßen, die hinterher alles aufschrieben, was gesprochen worden war. Und sie wollte nichts sagen, was in so einem geheimen Protokoll stehen könnte, sie wollte nicht auffallen, nie wieder.

Die Kirche war voll besetzt. Über zwei Stunden dauerte die Diskussion, viele Fragen wurden dem Schriftsteller gestellt, und schließlich saß Klaus Herold nur noch als Zuhörer vorn, während sich im Publikum zwei Gruppen mit unterschiedlichen Meinungen bildeten, die heftig miteinander stritten. Am Ende erfüllte Klaus Autogrammwünsche und dann verwickelte ihn eine Frau in ein Gespräch, das so lange dauerte, bis alle Besucher die Kirche verlassen hatten.

»Zu diesem Zeitpunkt saß ich schon draußen in eurem Auto«, erzählte Frau Aveling. »Dein Vater hatte mir angeboten, mit ihm im Auto nach Potsdam zurückzufahren. Ich komme gleich, sagte er und gab mir den Autoschlüssel. Ich sollte im Wagen auf ihn warten, weil es so furchtbar regnete. Mein Bruder schloss die Kirche zu, die Frau kam mit deinem Vater heraus, da traten vier Männer aus dem Dunkeln und forderten deinen Vater auf mitzukommen. Sie waren mit zwei Autos da. Die Frau fuhr mit ihnen weg. Die gehörte dazu, sie sollte dafür sorgen, dass die Leute im Augenblick der Festnahme schon gegangen waren! Hundertfünfzig Zeugen, da hätten sie wohl Schiss gehabt, die Herren Offiziere!« Frau Aveling lachte auf die gleiche höhnische Art wie vorhin Uwe Lombach. »Mein Bruder wollte gleich deine Mutter anrufen, aber dann dachten wir, dass euer Telefon wahrscheinlich abgehört wird.«

»Aber warum, warum haben sie ihn verhaftet?«, fragte Hanna nach langem Schweigen. »Er hat nichts Verbotenes getan. Er schreibt Bücher, das ist sein Beruf, er hat vorgelesen und Autogramme gegeben, ich verstehe das nicht!«

»Das kann man auch nur verstehen, wenn man die Heuchelei durchschaut, die diesem System zugrundeliegt.«

Dieses System – meinte sie damit den Sozialismus in der DDR? Es störte Hanna, dass Frau Aveling andere Wörter benutzte als die gewohnten. Direktor Knecht achtete immer sehr darauf, dass jeder die richtigen Wörter gebrauchte. DDR, sozialistisches Weltsystem, Berlin – Hauptstadt der Deutschen Demokratischen Republik. Wer andere Wörter verwendete, hatte die aus dem Westfernsehen übernommen und war womöglich ein Feind des Sozialismus.

Frau Aveling war bestimmt kein Feind. Zwar hatte ihnen Knecht erklärt, dass Feinde manchmal auch freundlich erscheinen, wie der Wolf im Schafspelz sozusagen. Feinde können Pakete schicken, oder sie spielen den ganzen Tag tolle Musik auf ihren Sendern und schon haben sie einen eingefangen und man kann nicht mehr zwischen Gut und Böse unterscheiden. Solche Belehrungen hörte man sich als Schüler der siebenten Klasse ernst und mit niedergeschlagenen Augen an, obwohl man natürlich lieber gelacht hätte. Aber Knecht war immerhin Schuldirektor und konnte einem eine Menge vermasseln – wenn man auf die Oberschule gehen und Abitur machen wollte, zum Beispiel. Er konnte Briefe an die Eltern schreiben, in denen stand, dass man erwiesenermaßen Westfernsehen guckte und darüber müsste schulischerseits wohl einmal mit einem Vertreter des Betriebes gesprochen werden, in dem die Eltern arbeiteten.

Hanna war trotzdem empfindlich, wenn es darum ging, die richtigen Wörter zu gebrauchen. Aber es lag wohl auch mehr am Ton, wie jemand diese Wörter aussprach. Hanna kannte Leute, die nie Osten sagten, sondern immer DDR, und es klang trotzdem falsch und voller Hohn. Auch bei Knecht hörten sich die richtigen Wörter falsch an, er benutzte sie wie Knüppel. Bei Frau Aveling dagegen klangen die falschen Wörter irgendwie richtig und Hanna wagte nicht, sie zu unterbrechen – aus Angst, sie könnte verstummen. Hanna wollte aber jetzt alles erfahren! Wenn sie endlich wüsste, warum ihr Vater nicht nach Hause gekommen war... Irgendetwas musste man doch tun können! Vielleicht sollte Hanna der Oma einen langen Brief schreiben in das Sanatorium auf der Krim. Die Oma hatte ihr ganzes Leben dem Kampf um den Sozialismus gewidmet, sie würde wissen, was zu tun war. Wenn Frau Aveling von Heuchelei sprach, dann hing das bestimmt damit zusammen, dass sie verbittert war, weil sie schon mal hinter Gittern gesessen hatte – vielleicht ebenso irrtümlich wie Hannas Vater. Oder – womöglich war Frau Aveling völlig zu Recht verhaftet worden? Diebe und Betrüger wurden eingesperrt, Schläger und Mörder auch. Unsicher betrachtete Hanna die junge Frau mit den kurzen rötlichen Locken, mit den Lachfältchen um die sehr hellen Augen. Warum war sie im Gefängnis gewesen? Wenn Hanna das wüsste, würde ihr das Gespräch mit ihr viel leichter fallen. Frau Aveling hatte gestern Nacht geholfen, trotz ihrer eigenen Angst. Sie war kein Wolf im Schafspelz.

Frau Aveling sagte: »In unseren Zeitungen ist behauptet worden, dieses Buch sei schlechter als die, die dein Vater früher geschrieben hat. Deshalb wäre es in der DDR nicht gedruckt worden. Aber was glaubst du, warum sich so viele Leute für das Buch deines Vaters interessieren? Warum sie sich persönlich betroffen fühlen von dieser Geschichte, die in einer längst vergangenen Zeit spielt?«

Hanna hob die Schultern. Darüber hatte sie noch nie nachgedacht. »Es ist eben spannend«, sagte sie.

»Stimmt. Und das Spannendste daran ist, dass die Geschichte ebensogut heute spielen könnte, in unserem Land, verstehst du! Da wird vom Jahr 1789 erzählt – wie eine Gruppe von Leuten ihr Leben dafür einsetzt, die Gesellschaft zu verändern, Freiheit und Gleichheit und Brüderlichkeit zu erkämpfen. Sie machen eine Revolution und übernehmen die Macht. Und was passiert? Sie errichten eine Diktatur, unterdrücken das Volk genauso wie die früheren Machthaber. Sie verraten ihre Ideale, weil sie sich nur noch für ihre eigene Macht interessieren. Haargenau so ist später die Geschichte der sozialistischen Gesellschaft verlaufen! Der aufopferungsvolle Kampf, die Revolution und schließlich die Unterdrückung des eigenen Volkes. Deswegen ist das Buch hier nicht gedruckt worden und deswegen hat es so viele Leser! Die Leute lesen darin ihre eigene Geschichte.«

Hanna schwirrte der Kopf. Wenn das stimmte, was Frau Aveling meinte, warum hatte der Vater ihr das nie selbst erklärt? Wahrscheinlich hatte er geglaubt, weil sie erst dreizehn war, könnte sie das noch nicht verstehen. Aber sie verstand es, denn es war ganz einfach. Ob Frau Aveling und die Mutter in der Nacht darüber gesprochen hatten? Und die Mutter vorhin, als die Kinder noch in der Schule waren, mit Lombachs? Und wenn Hanna nicht plötzlich auf den Gedanken gekommen wäre, Frau Aveling zu besuchen, hätte ihr vielleicht kein Mensch etwas über die Gründe für Papas Verhaftung gesagt? »Aber wieso...?« Hannas Kehle war trocken und sie musste einen großen Schluck Kaffee trinken. »Wieso wissen Sie das alles?«

Frau Aveling lächelte. »Du meinst, weil ich bloß 'ne Straßenbahnfahrerin bin? Ich hab einige Jahre studiert, früher. In Jena. Ein paar Studenten haben sich damals zu einem Gesprächskreis zusammengeschlossen, um Gedanken auszutauschen und Bücher. Wir haben viel über die politischen Verhältnisse in unserem Land gesprochen. Jemand hat unsere Gruppe denunziert, wir wurden alle verhaftet, wegen staatsfeindlicher Hetze. Sich zusammenzusetzen und über die Zukunft nachzudenken, das galt als staatsfeindlich! Als ich aus dem Gefängnis kam, durfte ich natürlich nicht weiterstudieren.«

Hannas Herz trommelte gegen die Rippen, als wäre ihre Brust ein Käfig. Der Kaffee, dachte sie, ich hab doch noch nie Bohnenkaffee getrunken. Aber in einem winzigen Winkel ihres Bewusstseins spürte sie, dass ihr Herzklopfen einen ganz anderen Grund hatte. Dass ihre kleine heile Welt ins Wanken geraten und nichts mehr selbstverständlich war. Dass die einfachen Wahrheiten nicht mehr einfach waren, dass sie selber nachdenken und eigene, vielleicht ganz andere Wahrheiten finden musste. Dass sie anfing, erwachsen zu werden.

Dein Vater ist ein Verbrecher

Es gelang der Mutter nicht herauszufinden, wo der Vater hingebracht worden war.

Hanna musste an das Gedicht denken, das ihre Klasse im vorigen Schuljahr auswendig lernen sollte. Es hieß »Eine deutsche Mutter« und erzählte von der verzweifelten Suche einer Frau nach ihrem verhafteten Sohn. Von Behörde zu Behörde, von einem Gefängnis zum anderen irrte die Frau und am Ende bekam sie ihren Sohn zurück, aber da war er tot. Doch diese Geschichte hatte sich zur Nazizeit zugetragen, der Sohn war von der Gestapo abgeholt worden. Ganz andere Zeiten, ganz andere Verhältnisse, sagte sich Hanna immer wieder – man darf die DDR nicht mit dem Faschismus vergleichen. Dass die Mutter den Vater nicht hatte finden können, konnte nur bedeuten, dass er schon auf dem Weg nach Hause war!

Aber der Vater kam nicht zurück.

Am Montag nach der Mathematikstunde schickte Frau Peters Hanna zum Direktor. Hannas Frage, was Knecht denn von ihr wolle, beantwortete sie nicht.

Hinter Knechts Schreibtisch thronte ein fremder Mann. Knecht saß auf dem Besucherstuhl und sagte, sie würden sich ein bisschen mit Johanna unterhalten. Die Unterhaltung, das wurde Hanna bald klar, war aber ein Verhör. Der Fremde wollte wissen, mit wem ihre Eltern befreundet waren, was für Leute den Vater besucht hätten, ob unter den Besuchern welche aus dem Ausland gewesen seien, worüber die Eltern mit ihren Gästen gesprochen hätten, ob sie Verbindungen nach Westdeutschland pflegten...

»Ich weiß nicht«, sagte Hanna immer wieder.

»Heißt das, deine Eltern haben vor dir geheim gehalten, worüber sie mit ihren Besuchern gesprochen haben?«, fragte Knecht. »Das ist ja sehr interessant...«

Der Fremde befahl ihm mit einer Handbewegung zu schweigen. »Es ist ganz einfach«, sagte er zu Hanna. »Wenn dein Vater eine Straftat begangen hat, und du hast davon gewusst, dann wirst du ebenfalls bestraft. Du bist dreizehn, also strafmündig und du musst die Konsequenzen deiner Handlungen ganz allein tragen. Wenn du wüsstest, wer bei uns alles in Untersuchungshaft sitzt, auch dreizehnjährige Mädchen! Es ist wichtig, dass du eines begreifst: Dein Vater hat gegen die Gesetze der DDR verstoßen, und zwar in voller Absicht. Wer ein Verbrechen begeht, wird dafür bestraft.«

Hanna spürte, wie ihre Knie nachgaben und hätte sich gern hingesetzt, aber sie wollte nicht darum bitten. Sie verstand nicht, was der Mann meinte. Frau Aveling hatte gesagt, der Vater hätte sich für einen besseren Sozialismus eingesetzt. Der Sozialismus war das beste, gerechteste Gesellschaftssystem, das hatte Knecht ihnen mindestens hundert Mal erklärt. Jetzt schwieg Knecht. Nein, dachte Hanna, wenn man für die Verbesserung dieses Systems ist, kann man kein Verbrecher sein! Was hatte der Vater wirklich getan? Warum erklärte ihr das niemand? Es musste etwas so Schlimmes sein, dass man mit Kindern nicht darüber sprach. Hanna wollte sagen, dass sie kein Kind mehr sei, aber die Angst lähmte ihre Stimme. Sie tastete mit einer

Hand nach der Schreibtischkante, um sich festzuhalten. Der Mann sagte: »Wir lassen dich jetzt gehen. Aber du denkst über meine Fragen nach. Gründlichst! Du kannst deinem Vater nur helfen, indem du uns über so viele Einzelheiten wie möglich informierst. Am Sonnabend komme ich wieder, dann unterhalten wir uns weiter. Bis dahin kein Wort über dieses Gespräch, zu niemandem, auch nicht zu deiner Mutter. Verstanden?«

Hanna wusste nicht, wie sie wieder ins Klassenzimmer gekommen war. Von den nächsten Unterrichtsstunden drang kein einziges Wort in ihr Bewusstsein. Einmal beugte sich Olli vor und legte ihr die Hand auf den Rücken, da konnte sie einen tiefen Atemzug tun und den Kopf heben und dann war die letzte Stunde endlich vorüber.

»Ich darf nicht drüber sprechen«, sagte Hanna zu den Zwillingen. »Es hat mit Papa zu tun.« Sie wäre am liebsten nach Hause gegangen und hätte sich die Bettdecke über den Kopf gezogen oder das Radio so laut aufgedreht, dass die Bässe ihr das Gehirn zudröhnten. Sie wollte sich verkriechen und alles vergessen, alles.

Aber sie konnte nicht heimgehen, denn nach der sechsten Stunde war eine Lernkonferenz angesetzt. Frau Peters erörterte ausführlich die Leistungen jedes einzelnen Schülers in jedem einzelnen Fach, denn in wenigen Wochen würde es Zeugnisse geben. Hanna war auch im letzten Halbjahr wieder die beste Schülerin gewesen. Olli gehörte erstmalig zu den besten fünf und Frau Peters kündigte an, dass sie noch vor den Sommerferien mit seinen Eltern reden wollte, denn nach ihrer Meinung sollte er unbedingt das Abitur machen. »Du bist doch ein Arbeiterkind, Olaf!«, sagte sie. »Wir brauchen Abiturienten wie dich! Du kannst studieren oder die Offizierslaufbahn einschlagen! Ich möchte mich mit dir nachher noch ein bisschen länger unterhalten, wenn die anderen nach Hause gegangen sind.«

»Ich werde sowieso Schweißer!«, sagte Olli. »Wie mein Vater. Das ist beschlossene Sache!«

»Was will er werden, Scheißer?«, flüsterte Monika Michel.

Katja beugte sich über den Gang zur Fensterreihe hinüber und versetzte Monika einen kräftigen Stoß. Monika schrie empört auf.

»Katja!«, rief Frau Peters. »Reiß dich zusammen, oder ich stelle dich vor die Tür! Statt Schläge auszuteilen, solltest du deine Energie lieber in die Lernarbeit investieren! Deine Russischzensur zum Beispiel ist ein Makel für die ganze Klasse. Wir haben so oft darüber gesprochen, daß sich in der Russischzensur die Einstellung des Schülers zur Sowjetunion und zum Sozialismus widerspiegelt. Das ist eine Bewusstseinsfrage!«

»Wenn ich wegen Russisch sitzen bleibe«, sagte Katja auf dem Heimweg zu Hanna, »dann geh ich nach der Achten von der Schule ab und arbeite bei Mutti in der Wäscherei. Ich verdiene dicke Knete und ihr hockt noch jahrelang auf der Schulbank rum und quält euch mit dem richtigen Bewusstsein! Wir sind eben verschieden, Olli und ich.«

Sie bogen in ihren Hof ein. Dort standen die beiden Trabbis nebeneinander, der weiße von Peters und der uralte hellblaue von Sasse. Die beiden Männer bauten fast jeden Nachmittag an dem blauen Wagen herum. Sasse wartete schon seit elf Jahren auf ein neues Auto. Peters steckte mit dem Oberkörper tief unter der Motorhaube. Sasse, als er die Mädchen erblickte, rief: »Hanna, dein Vater ist verhaftet worden? Was hat er denn ausgefressen?«

Hanna blieb wie angenagelt stehen, aber Katja schrie: »Das geht Sie überhaupt nichts an!«

»Oh doch, mein Fräulein!«, sagte Sasse. »Schließlich bin ich im Staatsapparat tätig.«

In seinem Küchenfenster lehnte wie jeden Nachmittag der alte Gutowski. »Wahrscheinlich soll er erst mal arbeiten lernen, der Herold!«, sagte er hämisch. »Wovon der gelebt hat, das möchte man schon wissen! Schriftsteller, ha! Ins Arbeitslager gehören solche Leute, wenn Sie mich fragen.«

»Sie fragt aber niemand!«, sagte Peters laut unter der Motorklappe hervor. Er ließ das Gas aufheulen und Gutowksi schloss beleidigt sein Fenster.

Katja zog Hanna ins Haus, hinauf in Lombachs Küche.

Ein freier Mann

So begann Hannas Alltag ohne Vater.

Gerne hätte sie mit der Mutter über das Verhör bei Knecht gesprochen und über ihre Angst vor dem angekündigten zweiten Besuch des fremden Mannes. Dass der nicht von der Kriminalpolizei, sondern im Auftrag der Stasi gekommen war, daran gab es für Hanna keinen Zweifel. Was sollte sie tun, wenn sie wieder ins Direktionszimmer gerufen wurde? Weglaufen hatte wohl keinen Sinn. Sollte sie einfach schweigen auf alle Fragen? Ob sie dann wirklich ins Gefängnis müsste? Hanna konnte sich nicht vorstellen, dass in der DDR Kinder eingesperrt würden. Wenn nur die Oma nicht so weit weg wäre – mit ihr könnte sie reden. Die Großmutter würde ihr beistehen und ihr alles erklären. Sollte sie noch einmal zu Gudrun Aveling gehen? Hanna fürchtete sich aber davor, die Drohung des Stasimannes zu missachten und Frau Aveling von dem Verhör zu erzählen.

Doch die Mutter hatte keine Zeit und keine Nerven – das sagte sie jedenfalls und das blieb auch ihre einzige Antwort auf Hannas und Tommis Fragen. Sie war ständig unterwegs, um eine Möglichkeit zu finden, wie sie ihre Arbeit ohne Dunkelkammer fortsetzen konnte. In der Zeitungsredaktion, für die sie arbeitete, hatte man ihr zwar erlaubt, vorübergehend das betriebseigene Labor zu benutzen. Aber dort war nie ein Platz frei, nicht einmal nachts. Die Mutter konnte ihre Aufträge nicht rechtzeitig fertigstellen und bekam deshalb keine neuen.

Als hätten sie sich verabredet, sprachen Tommi und Hanna nicht mehr davon, wann der Vater wohl zurückkäme. Sie taten so, als wäre er verreist. Aber das Siegel an der Tür des Arbeitszimmers konnten sie nicht übersehen. Das verschlossene Zimmer war das deutlichste Zeichen dafür, dass in ihrer Familie nichts mehr so war wie früher. Die Wohnung hatte nun nur noch zwei Zimmer. Das Arbeitszimmer war der größte Raum der Wohnung gewesen. Und der ruhigste. Unter seinen beiden Fenstern lag ein winziger zweiter Hof, der nur vom Keller aus zu erreichen war und der zu nichts anderem als zum Wäsche aufhängen benutzt wurde. Begrenzt wurde dieser Hof von der Rückseite eines barackenähnlichen Werkstattgebäudes, das schon zu einer anderen Straße gehörte und dahinter erstreckte sich eine weiträumige Kleingartenanlage. Der Vater war immer dankbar gewesen für die Stille, die seinen Arbeitsraum umgab. In Vaters Zimmer standen auch die beiden Liegen, auf denen die Eltern geschlafen hatten. Jetzt breitete die Mutter jeden Abend ihr Bettzeug auf dem Sofa im Wohnzimmer aus.

Fast alle Bücher befanden sich hinter der versiegelten Tür. Die Kinder hatten jedes Buch aus den Regalfächern zum Lesen oder auch nur zum Herumblättern und Anschauen herausnehmen dürfen, sie mussten es nur am richtigen Platz wieder hineinstellen. Hanna las gerne und viel. Als noch nicht eine Woche vergangen war seit dem Verschwinden des Vaters, ertappte sich Hanna dabei, dass sie die Bücher mehr vermisste als ihren Vater. Sie war zornig auf ihn wegen der Schwierigkeiten, die sie alle seinetwegen hatten. Aber als sie darüber nachdachte, merkte sie, dass sie Frau Aveling mehr vertraute als dem Fremden in Knechts Büro und sie schämte sich, weil sie auch nur einen Augenblick lang hatte glauben können, dass der Vater ein Verbrecher wäre. Ihr schlechtes Gewissen versuchte sie mit Arbeit zu beruhigen. Wenn die Mutter nachmittags nach Hause kam, hatte Hanna schon das Essen vorbereitet und die Wohnung aufgeräumt. Auch um Tommis Hausaufgaben kümmerte sie sich. Sie steckte die Wäsche in die Waschmaschine und hängte sie später im hinteren Hof auf die Leine. Solange sie zu tun hatte, brauchte sie nicht nachzudenken. Aber vergebens wartete sie auf ein anerkennendes Wort von der Mutter.

Eines Nachmittags, Hanna war allein in der Wohnung, schrillte die Türglocke. Draußen stand der Fremde aus

Knechts Büro. Hanna erstarrte vor Schreck. Doch der Fremde tat, als habe es das Verhör in der Schule nie gegeben. Er hielt Hanna einen Ausweis vors Gesicht und verlangte die Mutter zu sprechen. »Lindner, Ilja«, entzifferte Hanna neben dem undeutlichen Passfoto. Da stand der Besucher schon im Korridor und schloss die Wohnungstür hinter sich, als wäre er hier zu Hause.

»Meine Mutter ist nicht da!«, stammelte Hanna.

Lindner sagte: »Ich warte!« Er setzte sich in der Küche auf den Hocker und schwieg.

Hanna dachte: Ich darf ihn nicht unbeobachtet lassen, sonst fängt er an, die Küche zu durchsuchen. Sie vergaß, dass die Wohnung bereits durchsucht worden war. Stumm lehnte sie am Türrahmen und verschränkte die Arme fest vor der Brust, um ihr Zittern zu verbergen. Die Angst hinderte sie daran sich vorzustellen, warum dieser Lindner gekommen war und was passieren würde, wenn die Mutter zurückkehrte.

Endlich hörte Hanna die vertrauten Schritte auf der Treppe, der Schlüssel drehte sich im Schloss und die Mutter trat in die Küche.

Lindner stand auf, zeigte wieder seinen Ausweis. »Ich komme wegen Ihres Mannes. Ich muss Ihnen eine Mitteilung machen, die das Leben Ihrer Familie verändern wird.« Er fasste die Mutter beim Ellbogen und führte sie zum Hocker.

»Ist er tot?«, hörte Hanna die Mutter fragen.

»Nein, es geht ihm gut, vermute ich«, sagte Lindner. »Ihr Mann hat heute die Deutsche Demokratische Republik verlassen.«

»Was – was bedeutet denn das?? Wo ist er???«

»Er ist auf eigenen Wunsch in die Bundesrepublik ausgereist und hat nicht die Absicht, in die DDR zurückzukehren.«

»Wo ist er?«, wiederholte die Mutter. Ihre Stimme klang wie zerreißendes Papier.

»Dazu kann ich Ihnen leider keine Angaben machen. Der Schriftsteller Klaus Herold ist ein freier Mann, er muss uns nicht sagen, wo er künftig seinen Wohnsitz nehmen will.«

Die Mutter sagte nichts mehr. Unten im Hof heulte ein Trabbimotor auf, immer wieder.

Lindner schloss das Fenster und sagte: »Leider müssen wir ein paar Formalitäten regeln.«

Weil die Mutter nicht antwortete, fragte Hanna: »Was für Formalitäten?« Sie dachte: Das stimmt gar nicht, was der sagt. Das ist nur ein neuer Trick, um uns Angst zu machen. Wenn Papa frei wäre, hätte er sich längst bei uns gemeldet!

Lindner sagte, an die Mutter gewandt: »Das Vermögen ihres Mannes wird eingezogen.«

»Papa hat gar kein Vermögen«, antwortete Hanna an Mutters Stelle.

Und so redeten sie weiter miteinander, Lindner immer zur Mutter gewandt, aber die saß auf dem Hocker, als wäre sie zu Stein geworden und Hanna sprach an ihrer Stelle, wie sie es für richtig hielt.

»Das Konto Ihres Mannes bei der Sparkasse ist gesperrt worden. Das heißt, Sie können von diesem Konto kein Geld mehr abheben, bis etwas anderes verfügt wird.«

»Und wovon sollen wir leben?«, fragte Hanna.

»Sie sind doch berufstätig, Frau Herold. Natürlich müssen Sie den Lebensunterhalt für Ihre Kinder sichern. Die Abteilung Jugendhilfe wird einen Hausbesuch bei Ihnen machen und Ihre häuslichen Verhältnisse einschätzen. Die Wohnung dürfen Sie weiterhin bewohnen.«

»Und das Zimmer?«, fragte Hanna. »Wir brauchen das dritte Zimmer.«

»Das Zimmer bleibt versiegelt.«

»Aber die Dunkelkammer! Die hat nicht Papa gehört, sondern meiner Mutter! Die brauchen wir, sie muss doch arbeiten.«

»Selbstverständlich kann der Raum wieder genutzt werden.«

»Kriegen wir auch den Vergrößerungsapparat zurück?«

»Nein. Es besteht der Verdacht, dass die in der Dunkelkammer befindlichen Geräte zu strafbaren Handlungen benutzt wurden. Aber das Siegel können wir sofort entfernen. Abschließend muss ich Ihnen noch zwei Fragen stellen. Erstens: Haben Sie die Absicht, einen Ausreiseantrag zu stellen und Ihrem Mann zu folgen? Zweitens: Oder haben Sie die Absicht, sich scheiden zu lassen?«

Auf diese Fragen konnte Hanna nicht antworten. In der plötzlichen Stille hörte sie die Mutter schwer atmen. Die Fensterscheiben bebten unter dem Getöse des Trabbimotors.

»Sie müssen mir nicht sofort antworten«, sagte Lindner. »Kommen Sie morgen um acht Uhr in meine Dienststelle. Melden Sie sich in Zimmer 54. Dort wird ein Protokoll ausgefertigt.« Er verließ die Küche, die Wohnung, das Haus.

Hanna machte einen angstvollen Schritt auf den Hocker zu. »Mama! Was soll denn das alles bedeuten?«

»Du hast doch gehört«, sagte die Mutter. »Weg ist er. Im Westen.«

»Und wir?«, flüsterte Hanna. »Gehn wir auch in den Westen?«

»Woher soll ich das wissen?«, sagte die Mutter. »Ich weiß gar nichts. Geh spielen.«

Plötzlich war Hannas Angst weg. Geh spielen!? Das hatte niemand mehr zu ihr gesagt, seit sie acht oder zehn Jahre alt gewesen war! Warum behandelte die Mutter sie wie ein Baby, nachdem sie gerade erst an ihrer Stelle mit dem Stasimann verhandelt hatte?

»Ich hab deine Dunkelkammer gerettet!«, schrie Hanna empört und knallte die Küchentür hinter sich zu. Sie warf sich auf ihr Bett und heulte laut – aus Wut über ihre undankbare Mutter, die zu glauben schien, dass das Schicksal des Vaters und der ganzen Familie Hanna nichts anginge – aber auch aus Zorn über den Vater, der sie verlassen hatte, um in den Westen zu gehen. Er war fort. Dass sie ihm nachfolgen würden, nahm Hanna nicht für einen einzigen Augenblick an. Wie konnte der Vater seine Familie verlassen! Und die DDR! Er hatte doch immer behauptet, der Sozialismus sei ein Ziel, für das man kämpfen müsse, jeder mit seinen eigenen Möglichkeiten. Hanna hatte ihm geglaubt. Und dieser Lindner wollte wissen, ob sich die Mutter scheiden lassen würde. Warum hatte die Mutter auch darauf geschwiegen? Sie hätte wenigstens mit dem Kopf schütteln können!

Im Hof gellte Tommis Erkennungspfiff und gleich darauf schellte die Wohnungsklingel. Die Mutter in der Küche rührte sich nicht. Hanna stand vom Bett auf, wischte sich das Gesicht ab. Draußen im Flur rief sie mit überkippender Stimme gegen die geschlossene Küchentür: »Bleib ruhig sitzen, Mama. Ich erkläre Tommi alles. Und dann gehen wir spielen!«

Tote Leitung

Am Abend klingelte endlich das Telefon. Aus drei Türen stürzten Tommi, Hanna und die Mutter in den Korridor. Tommi war als Erster beim Apparat. Aber die Mutter entriss ihm den Hörer.

»Hallo?!«, schrie sie, und ihre Stimme klang überhaupt nicht mehr wie Papier. »Klaus?! Wo bist du? Bist du gesund?« Und dann sprach sie lange kein Wort mehr und hörte nur zu.

Tommi sagte: »Ich will mit Papa reden!«

»Ich zuerst!«, verlangte Hanna.

Die Mutter machte eine abwehrende Handbewegung, als wollte sie die Kinder wegscheuchen, aber plötzlich nahm sie den Hörer vom Ohr und streckte ihn Hanna hin. Die Leitung war tot. Nichts mehr, keine Stimme, kein Tuten, kein Rauschen. Nur Stille. »Unterbrochen!« Das Gesicht der Mutter war so blass, dass der Abdruck des Hörers auf ihrer Wange wie eine Wunde aussah.

»Er ruft bestimmt gleich noch mal an!«, sagte Tommi beschwörend.

Die Mutter nickte mit abwesender Miene.

Hanna drängte: »Was hat er gesagt? Wo ist er denn? Fahren wir hin? Mama!«

»Wo sind meine Zigaretten?«, fragte die Mutter. »Jetzt setzen wir uns erst mal hin und beruhigen uns. Er ist in Westberlin. Er hat die Haft ohne Schaden überstanden. Wir sollen keinen Ausreiseantrag stellen, sondern hierbleiben.«

»Kommt er zurück?«, fragte Hanna unsicher.

Die Mutter zerdrückte die gerade erst angerauchte Zigarette. »Das darf er nicht. Aber er hat gesagt, wir sollen hierbleiben. Es dauert nicht mehr lange. Alles wird sich ändern, davon ist er fest überzeugt. Und dann war die Telefonleitung tot.«

»Versteh ich nicht!«, sagte Tommi. »Was ändert sich?«

»Die Verhältnisse in der DDR. Es wird nicht mehr lange so bleiben, wie es jetzt ist, meint Papa«, sagte die Mutter. »Und wenn ihr nur ein einziges Wort davon weitererzählt, werde ich auch noch verhaftet.«

»Aber...«, setzte Hanna an.

»Kein Aber. Wir müssen froh sein, dass Papa aus dem Gefängnis raus ist, und wir warten, bis er sich wieder meldet.«

Tommi sagte mürrisch: »Ich bin ja froh. Aber wenn Papa noch mal anruft, muss er mir unbedingt selber erklären, wieso alles anders wird. Woher will er das wissen? Und was soll das überhaupt bedeuten? Gibt's hier Krieg oder sowas? Dann können wir aber nicht hierbleiben!«

»Ich weiß nicht, wie es ist, eingesperrt zu sein«, sagte die Mutter. »Aber wenn man sein Land plötzlich durch die Gitter eines Zellenfensters betrachten muss, sieht man wohl manches anders als vorher.«

Hanna platzte heraus: »Vielleicht hat er das die ganze Zeit schon gewusst. Dass die DDR sich ändern muss. Weil nach einer Revolution nicht wieder eine Diktatur sein darf.«

»Wie kommst du denn darauf?!«, rief die Mutter entsetzt. Hanna zuckte mit den Schultern. »Hab eben nachgedacht. Ich bin kein Kind mehr. Vielleicht hat Papa darüber mit den Leuten in der Mahnsdorfer Kirche geredet. Vielleicht hat er auch nicht nur geredet, sondern was getan, damit sich was ändert!«

Die Mutter warf ihr einen erschrockenen Blick zu. »Hör zu, Mädel – es reicht doch, dass man in diesem Lande eingesperrt wird, wenn man öffentlich seine Meinung sagt. Du musst dir wirklich nicht noch was zurechtdenken. Papa hat seinen Beruf ernstgenommen und über die Zustände in seinem Land geschrieben. Das war wenig und zugleich viel – und nur deswegen ist er eingesperrt und abgeschoben worden. Wenn du kein Kind mehr bist, kannst du dir ja denken, was das alles bedeutet – für den Sozialismus und für uns. Aber nur denken, nicht reden! Kein Wort! Zu niemandem!«, verlangte sie noch einmal.

Die Telefonleitung blieb tot. Bei der Störungsstelle versprach man, sich darum zu kümmern. Tatsächlich erschien am nächsten Tag ein Monteur, der den Apparat und die Dose kontrollierte. Er verabschiedete sich mit dem vagen Versprechen, das käme schon bald wieder in Ordnung.

Auch auf einen Brief vom Vater wartete die Familie vergebens. Als zwei Tage nach Vaters Anruf die Briefkastenklappe klapperte, flatterte in den Korridor nur ein Zettel von Peepee für Hanna.

2. Sommer ohne Vater

Das Loch in der Mauer

Am Sonntagmorgen ganz früh klingelte es kurz-kurz-lang an Herolds Tür. Katja und Olli zogen Hanna auf die Treppe und erzählten aufgeregt flüsternd und sich gegenseitig unterbrechend, dass sie im Keller einen Geheimgang entdeckt hätten. Am Ende des Kellerganges wäre in der Nacht ein Stück Mauer eingestürzt, Gutowski hätte das Loch mit Brettern verkeilt.

»Und hinter dem Loch«, behauptete Olli, »da geht ein Gang unter der Erde lang, der ist so tief, dass man mit der Taschenlampe das Ende nicht sehen kann!«

Hanna erinnerte sich, im Halbschlaf Gutowskis Hämmern gehört zu haben. Leise zog sie die Wohnungstür hinter sich zu. Ungesehen schlüpften sie in den Kellergang. Olli hatte eins der Bretter gelockert.

Der geheime Gang war dunkel und roch modrig. Olli tappte mit der Taschenlampe voraus. »Achtung, hier sind Stufen!«

Katja und Hanna tasteten sich an den Kellerwänden entlang und dann die schmale Treppe hinauf. Oben stießen sie auf eine Tür, durch deren Ritzen Licht schimmerte. Olli knipste die Lampe aus. Vorsichtig drückte er die Klinke herunter. Die Tür war nicht verschlossen. Sie führte in eine Kammer voller alter Möbel, Eisenteile und Papierstapel. An der Wand schnurrte ein Stromzähler. Aus dem Nebenraum drang gedämpftes Rattern. Entschlossen schob Katja die Zwischentür einen Spalt auf. Hinter der Tür lag ein großer, heller Raum. Eine Werkstatt oder so was. An der langen Fensterfront reihten sich flache Regale und Tische, in der Mitte standen mehrere Maschinen. Das Rattern verstummte. Die Eindringlinge hielten den Atem an.

»Los, wir hauen ab«, flüsterte Hanna.

Aber Olli hob lauschend den Kopf. Jetzt hörten auch die Mädchen etwas: ein Schniefen oder Schnaufen – was konnte das sein? Ein Tier? Hanna fühlte eine Gänsehaut über ihren Rücken rieseln. Katja zeigte mit dem Finger in die Ecke neben der Fensterwand. Dort, neben dem mit Papieren überladenen Schreibtisch, hockte auf der Erde ein Mann. Er hatte die Arme um die angezogenen Beine geschlungen und die Stirn auf seine Knie gestützt. Der Mann weinte. Ratlos blickten sich die Kinder an. Was macht man, wenn man in einem Haus, in das man sich heimlich eingeschlichen hat, einen heulenden Erwachsenen findet?

»Hallo, Sie!«, sagte Katja. Ihre Stimme hallte sehr laut in dem stillen Raum.

Der Mann sah auf. Er hatte einen braunen Bart und ganz hellblaue Augen, aus denen ununterbrochen Tränen über die zerfurchten Wangen liefen. Er sagte nichts, er weinte einfach weiter und starrte die Kinder stumm an. Schließlich warf Hanna ihm ihr Taschentuch zu.

»Gemeinheit!«, sagte der Mann und schnäuzte sich. »Schikane, weiter nichts. Aber es tut trotzdem weh.«

»Sind Sie verletzt?«, fragte Olli unsicher. »Können wir Ihnen helfen?«

»Meine Mutter ist gestorben«, sagte der Mann. »Und ich darf nicht zum Begräbnis fahren. Ich bin doch der einzige Sohn! Aber sie lassen mich einfach nicht raus.«

Die Kinder schauten sich in dem Raum um. Keine Gitter an den Fenstern. Ein Gefängnis schien das hier jedenfalls nicht zu sein. »Wieso können Sie nicht raus hier?«

»Hamburg«, erklärte der Mann und wischte sich das Gesicht ab. »Sie ist nach Hamburg gegangen, damals, als mein Vater gestorben war. Sie ist zu ihrer Schwester gefahren und nicht wieder gekommen. Ich wollte nicht mit, wegen der Druckerei.« Er machte eine ausholende Handbewegung, als ob er die Maschinen umarmen wollte. »Das lässt man nicht einfach stehen und liegen. Als Mutter nicht wiederkam, ist das Haus beschlagnahmt worden.«

»Welches Haus?«

»Zeppelinstraße, hinter der Werkstatt. Das war unser Haus.«

»Unser Haus!«, echote Hanna. »Das hat Ihnen gehört? Wir wohnen nämlich da.«

»Ihr seid durch den Keller gekommen«, vermutete der Mann. Ein Lächeln flatterte über sein Gesicht. »Nach der Enteignung haben sie den Gang zugemauert und die hintere Tür von der Druckerei zum Keller auch. Eine Mauer, wie an der Grenze. Ich war ja froh, dass ich die Druckerei überhaupt behalten durfte. Und jetzt ist sie gestorben.« Er stemmte sich vom Fußboden hoch und trat auf die eine Maschine zu, um einen Stapel kleiner, bedruckter Karten herauszunehmen. Die Kinder sahen, dass der Mann hinkte. »Ich hab Traueranzeigen gedruckt, für meine Mutter. Aber es gibt hier keinen mehr, der sich noch an sie erinnert.« Er warf den Stapel Karten in die Luft. »Todesanzeigen, Geburtsanzeigen, Visitenkarten! Was andres darf ich nicht drucken.« Die Karten taumelten wie matte Falter zwischen den Maschinen auf den Betonboden. »Dabei ist meine Druckerei ein guter Betrieb. Wisst ihr, was ich immer gerne wollte? Für Künstler drucken. Grafik. Hier, auf der großen Handpresse. Eines Tages werd ich das auch können, bestimmt.« Wieder schnäuzte er sich in Hannas Taschentuch. »Starrt mich nicht so erschrocken an! Darf ein Mann nicht heulen, wenn er seine Mutter verliert? Wie heißt ihr überhaupt?«

Die Kinder murmelten ihre Namen.

»Ihr könnt Hinky zu mir sagen, so haben mich früher die Kinder genannt. Ist lange her.«

»Arbeiten Sie hier ganz allein?«, fragte Hanna.

Hinky nickte. »Ich bin gerne allein. Aber ich freue mich über euren Besuch. Soll ich euch die Druckerei zeigen?«

Für den Rückweg benutzten die Kinder nicht den Kellergang. Es war schon fast Mittagszeit und womöglich würde sie jemand entdecken, wenn sie aus Gutowskis Behelfswand auftauchten. Dann würde die Kellerwand bestimmt wieder richtig zugemauert und ihr Geheimweg zu Hinky wäre versperrt.

Das Tor der Druckerei führte auf einen Pfad, der zwischen Kleingärten in die Kantstraße mündete. Sie mussten das ganze Häuserviereck umrunden, um wieder in die Zeppelinstraße zu gelangen.

»Toller Sonntagsausflug«, sagte Olli begeistert. »Vielleicht werd ich Drucker, nach der Schule. Das hat mir gefallen, wie die Bleibuchstaben so in kleine Rahmen gesetzt werden, Zeile für Zeile. Und wie man dann einen Probebogen abzieht... Oder ich drucke Grafiken für die Künstler, von ihren Metallplatten!« Er kurbelte mit dem Arm durch die Luft, als wollte er das Schwungrad von Hinkys Presse in Gang setzen.

»Du sollst doch Schweißer werden, wie Papa«, sagte Katja.

Olli lachte. »Mit meinen Zensuren kann ich alles werden, was ich will. Vielleicht studiere ich sogar.«

»Dir hat wohl die Peters das Gehirn vernebelt!« Katja schürzte verächtlich die Lippen.

In ihrem Hof räumten Peters und Gutowski einen Ast beiseite, der in der Nacht von dem Kastanienbaum heruntergebrochen war. Peters hatte seine Elektrosäge aus dem Keller geholt, um Ofenholz aus dem Ast zu machen.

»Man sollte den ganzen Baum absägen«, sagte Gutowski. »Das ist ja lebensgefährlich! Wenn der Ast jemandem auf den Kopf gefallen wäre!«

»Unsinn«, sagte Peters. »So einen großen Baum kann man nicht einfach umlegen. Schon mal was von Naturschutz gehört?«

Gutowski ließ sich nicht von seinem Einfall abbringen: »Es hätte ja auch Ihr Auto treffen können, nicht wahr.«

Peters lachte und schaltete die Säge an. Kreischend fraß sich das stählerne Blatt in das Holz.

Hanna spürte, wie der scharfe Ton in ihren Körper eindrang und im gleichen Augenblick erinnerte sie sich mit beinahe schmerzhafter Freude daran, dass sie am Nachmittag mit Peepee verabredet war. Um drei am See, das hatte auf dem Zettel gestanden.

Noch vier Stunden.

Der See, der Zaun, die Brücke

Im vorigen Jahr war der Zaun noch ein ganz normaler Maschendrahtzaun gewesen und man hätte denken können, dahinter läge ein privates Grundstück oder eine Kleingartenanlage. Doch die Schilder standen schon immer da. Der Junge, der im vergangenen Sommer über den Zaun gestiegen war, um seinen Fußball zurückzuholen, konnte noch nicht lesen. Aber jedes Kind wusste, dass hinter dem Zaun das verbotene Gebiet begann – das Grenzgebiet, das vor der eigentlichen Staatsgrenze lag. Die richtige Grenze, die war irgendwo im Unsichtbaren und davor stand noch die weißgetünchte Betonmauer, die man von der Terrasse des Hotels Cecilienhof sehen konnte. Vorigen Sommer, zu Vaters vierzigstem Geburtstag, hatten sie auf dieser Terrasse Eis gegessen und kurz danach war die Sache mit dem Jungen passiert. Seit damals war der Maschendrahtzaun doppelt so hoch und oben liefen noch mehrere Reihen Stacheldraht entlang. Auch die Anzahl der Verbotsschilder war verdoppelt worden. Staatsgrenze, Lebensgefahr, verboten – diese Worte waren jedem geläufig, sie gehörten zum Alltag. Die Worte hatten im vergangenen Sommer eine neue Wichtigkeit bekommen, nach der Erhöhung des Zaunes, bei den Belehrungen in der Schule. Sie mussten auf dem Appellplatz antreten und im Chor Sätze nachsprechen, in denen diese Worte vorkamen. Damit niemand je wieder auf die Idee käme, den Zaun zu übersteigen. Damit sich nicht so ein Unglücksfall wiederholte wie der mit dem Jungen.

Immerhin durfte man den Park danach noch betreten, man konnte im See baden. Ab und zu kamen Grenzsoldaten an den Zaun, von der verbotenen Seite her, sie hatten ihre Maschinenpistolen umgehängt und führten Schäferhunde bei sich. Durch den Drahtzaun bettelten sie die Badegäste nach Zigaretten an. Die können einem leid tun, hatte eine Frau gesagt, die sehen aus wie Tiere im Käfig. Aber ihr Mann hatte geantwortet, die Eingesperrten seien sie selber, hier, auf der anderen Seite des Zauns und die Grenzer würden sofort schießen, wenn jemand über den Zaun zu klettern versuchte, dazu seien sie schließlich da. Trotzdem hatte er den Grenzern Zigaretten zwischen die Drahtmaschen geschoben und ihnen sein Feuerzeug geborgt. Ihr könnt ja auch nichts dafür, hatte er noch gemurmelt. Und einer der Grenzer hatte das Feuerzeug angeknipst und gesagt, der Mann sollte sich bloß nicht den Mund verbrennen.

Damals war der Vater noch da gewesen. Jetzt war er irgendwo hinter dem Zaun, hinter der Mauer, hinter dem Streifen Niemandsland, hinter der Seenkette auf der anderen Seite der Welt, vielleicht nur drei Kilometer Luftlinie entfernt, in Westberlin.

Im verbotenen Gebiet lag der Zugang zur Glienicker Brücke – der einzigen Brücke, die von Potsdam aus übers Wasser nach Westberlin führte. Auf dieser Brücke, so hatte der Vater auf der Hotelterrasse erzählt, seien zwischen Ost und West Agenten ausgetauscht worden. Von beiden Ufern her wären Autos gekommen, in der Mitte hätten sich Vertreter der beiden Geheimdienste mit den gefangenen Spionen getroffen. Tommi und Hanna hatten über diese Geschichte gelacht, es war ihnen unwahrscheinlich erschienen, dass so etwas dicht hinter ihrer Badestelle passiert sein sollte.

Die Wiese zwischen Seeufer und Zaun war von Badelustigen dicht besetzt. Eine fröhliche Lärmwolke schwebte über dem Wasser. Hanna blies ihre blau-gelb gestreifte Luftmatratze auf und legte sich in die Sonne. Peepee war nirgends zu sehen. Ihre Freude verflog, sie hatte keine Lust zu warten und ging ins Wasser. Tief war der See und je weiter Hanna zur Mitte schwamm, desto eisiger schien sein Wasser zu werden. Eine unterirdische Quelle speiste ihn, deshalb war er sauberer als die anderen Gewässer rings um die Stadt.

Hanna wollte zum anderen Ufer schwimmen, das erste Mal in diesem Sommer. Aber in der Mitte, über der tiefsten Stelle des Sees, kreuzte ein Schlauchboot ihren Weg. In dem Boot saßen zwei Männer. Den einen kannte sie seit kurzem.

»Hallo, Hinky!«, rief Hanna und reckte einen Arm aus dem Wasser.

Hinky erkannte sie gleich, er wusste sogar ihren Namen noch. »Sollen wir dich ein Stück mitziehen?«, fragte er und streckte ihr ein Ruder hin.

Hanna hielt sich am Rand des Bootes fest. »Noch ziemlich kalt, das Wasser!«, sagte sie.

Der andere Mann sagte gar nichts. Er hatte eine Ledertasche vor sich stehen, in der Reagenzgläser und verschiedene Flaschen steckten.

»Was macht ihr denn hier?«, fragte Hanna.

Der Mann klappte die Tasche zu. »Nichts Besonderes.« Er hatte eine seltsam knarrende Stimme.

Aber Hinky sagte: »Hanna wohnt bei mir im Haus, sie ist

die Tochter von dem Schriftsteller Herold. Und das ist mein Freund Friedo. Wir nehmen Wasserproben aus dem See. Das braucht aber niemand zu wissen. Klar?«

»Klar«, sagte Hanna. Ihre Zähne klapperten.

»Komm ins Boot«, befahl Hinky. »Wenn du dich in dieser eisigen Brühe nicht bewegst, frierst du noch an unserer Kielwelle fest.« Er zog Hanna in das Schlauchboot und wendete es mit ein paar Ruderschlägen.

Hanna betrachtete den schweigenden Mann mit der Tasche. Er war alt, so alt, dass er Hinkys Vater hätte sein können. Hanna hatte eigentlich gedacht, Freunde müssten immer ungefähr gleichaltrig sein, so wie sie und die Zwillinge oder wie ihre Eltern und Lombachs. Aber nach ihrem Besuch in der Druckerei hatte Hinky zum Abschied gesagt, sie wären jetzt Freunde und sie sollten bald wieder kommen. Hinky suchte sich offenbar seine Freunde nicht nach ihrem Alter aus. Ob Friedo auch Drucker war? Wozu nehmen Drucker Wasserproben aus dem See?

»Ich habe deinen Vater gekannt«, sagte Friedo plötzlich. »Und ich habe ihn immer geschätzt. Er war ein aufrechter Mann.«

Hanna starrte ihn an. Friedo sprach von ihrem Vater wie von einem Toten. Sie rutschte an den Rand des Bootes und ließ sich ins Wasser gleiten. Hastig schwamm sie zum Ufer. Hinky rief nach ihr, aber sie wandte sich nicht um. Ihr war eiskalt, als sie ans Ufer kam.

Neben ihrer Luftmatratze hockte Peepee. »Du bist ja ganz blau!«, sagte er. »Es ist noch zu früh, um rauszuschwimmen. Das Wasser wird erst im August richtig warm.«

Er trocknete Hanna mit seinem Handtuch ab und sie hielt

still. Schweigend lagen sie nebeneinander in der Sonne. Hanna betrachtete Peepees Arm neben ihrem Arm. Peepee ging an zwei Abenden jeder Woche mit seinem Vater in den Armeesportklub zum Krafttraining und er sah aus wie ein Athlet, groß und blond und mit diesen beeindruckenden Armmuskeln. Aber seine Haut war noch hell. Hanna wurde immer schon im Frühling braun und über den Sommer ganz dunkel. So wie du hat meine Mutter als junge Frau ausgesehen, hatte der Vater behauptet. Dunkle Augen, dunkle Haare, dunkle Haut. Seine Mutter war an Tuberkulose gestorben, als er erst vier Jahre alt war. Er war in Kinderheimen aufgewachsen, seinen Vater hatte er nie kennen gelernt.

»Er war ein aufrechter Mann«, hörte Hanna die knarrende Stimme sagen. Sie schreckte auf.

Neben ihr lag Peepee und schaute ihr direkt ins Gesicht. »Du hast geschlafen«, behauptete er. Und dann sagte er, dass er seiner Mutter nichts verraten hätte von Hannas Vater. Sie hätte es schon längst gewusst, von Knecht, und er hätte es satt, dass Hanna und die Zwillinge ihn behandelten, als wäre er Luft. »Ich fahre in den Ferien nach Ungarn. Gleich am letzten Schultag. In der Nähe von Szentendre ist nämlich eine große Grabung, dort will ich hin. Und vorher – ich dachte mir –« Er stockte, holte tief Luft und sagte: »Vorher wollte ich dich fragen, ob du meine Freundin sein willst. Das wünsche ich mir schon lange.«

Hanna fiel nichts ein, was sie darauf antworten könnte. Sie wusste plötzlich, dass sie auf diesen Augenblick gewartet hatte, seit Peepees Zettel durch den Briefschlitz geflattert war. Nein, seit er nach Vaters Verhaftung seinen Arm um ihre Schulter gelegt und sie so bis zur Schule begleitet hatte. Ja, ich bin deine Freundin, wollte sie sagen. Stattdessen fragte sie: »Was für eine Grabung?«

»Archäologische Ausgrabungen«, erklärte Peepee. »Sie haben die Reste einer antiken Stadt gefunden. Studenten und Schüler aus ganz Europa fahren dorthin, um graben zu helfen. Wir wohnen in einem Zeltlager. Das ist außerdem eine Gelegenheit, Englisch zu lernen. Dort sprechen alle miteinander Englisch. Es ist nämlich nicht so, dass man sich überall verständigen kann, wenn man in der Schule nur Russisch gelernt hat.«

»Das weiß doch jeder«, antwortete Hanna.

»Man muss mindestens vierzehn sein, um mitfahren zu können«, sagte Peepee. »Schade, dass du erst im November vierzehn wirst. Was machst du denn in den Ferien?«

»Nichts weiter. Ich kann meine Mutter nicht allein lassen. Und wir wissen sowieso nicht, wie es weitergeht.« Hannas Stimme begann zu zittern.

Peepee fasste nach ihrem Handgelenk. »Nächstes Jahr könnten wir zusammen hinfahren, nach Ungarn, zur Grabung. Wenn du willst.«

»Ja.« Hanna nickte. »Abgemacht.«

Peepee zog sie von der Luftmatratze hoch. Sie rannten zusammen in den See und das Wasser war wunderbar warm.

Nächtlicher Anruf

In der Zeitung stand ein hämischer Artikel über den Schriftsteller Klaus Herold, der sein sozialistisches Vaterland verraten und verlassen hätte.

»Neues Deutschland« hieß die Zeitung. Hannas Großmutter hatte dieses Blatt seit fast vierzig Jahren abonniert und sie ließ es sich auch in ihren Kurort am Schwarzen Meer nachsenden.

»Jetzt müssen wir sie anrufen, sonst erfährt sie es aus der Zeitung«, sagte die Mutter. »Das verzeiht sie mir nie. Ihr Schwiegersohn ist im Westen und ich habe ihr nichts davon erzählt!« Die Mutter lachte ihr neues trockenes Lachen.

»Ich habe einen Brief an Oma geschrieben«, sagte Hanna.

»Was hast du??« Die Mutter wurde blass. »Du bist ja verrückt!«

»Wieso denn. Ich hab ihn ja gar nicht abgeschickt.« Hanna erzählte, dass es ihr nicht gelungen war, der Oma zu berichten, was seit jenem Freitag geschehen war, ohne dass sich jeder einzelne Satz wie eine Entschuldigung anhörte. Hanna verstand das selber nicht, denn sie war überzeugt, dass die Oma der einzige Mensch auf der Welt wäre, der all diese schrecklichen Erlebnisse sofort richtig verstehen und Hanna trösten könnte. Aber Hanna hatte den Brief nicht zu Ende gebracht. Nur deshalb war sie so seltsam erleichtert gewesen, als Frau Aveling behauptet hatte, dass gewiss jeder einzelne Brief, den die Mitglieder der Familie Herold abschickten oder empfingen, von der Stasi gelesen und kopiert würde, und es sei überhaupt nicht sicher, ob diese Briefe jemals ihre Empfänger erreichten. Das hatte Gudrun Aveling gesagt, als Hanna darüber klagte, dass der Vater seit seinem Verschwinden in den Westen keine einzige Zeile an seine zurückgebliebene Familie geschickt hatte.

»So einen Brief hätte Oma sowieso nie bekommen«, sagte die Mutter und wunderte sich nicht, dass Hanna darauf nur nickte. »Ich gehe zur Hauptpost und rufe im Sanatorium an!«

»Ich komme mit!«, erklärte Hanna.

Die Mutter winkte ab. »Solche Anrufe muss man anmelden. Das kann die halbe Nacht dauern, bis ich die Verbindung bekomme.«

Aber Hanna setzte sich durch und schließlich kam es so, wie die Mutter vorausgesehen hatte: Die Schalter im Postamt waren längst geschlossen, nur am Nachtschalter im Durchgang saß eine schläfrige Postangestellte, die nicht erlauben wollte, dass die Mutter im Vorraum eine Zigarette rauchte. Nervös ging die Mutter auf und ab. Plötzlich blieb sie vor einer Anschlagtafel stehen. Als die Postangestellte nicht hinschaute, riss sie ein Blatt Papier von der Tafel ab und steckte es in ihre Jackentasche.

»Sie suchen Arbeitskräfte, hier im Hauptpostamt, für den Nachtdienst im Briefsortierkeller«, flüsterte sie Hanna zu.

»Aber Mama!« Hanna war entsetzt. »Das ist doch nichts für dich! Briefe sortieren! Nachts!«

»Du weißt gar nicht, wovon du sprichst!«, sagte die Mutter. Und dann zählte sie auf, was Hanna alles nicht wusste: Die Mutter war am Sonntag, während Hanna mit Peepee am See war, nach Berlin gefahren und hatte versucht, in die

64

westdeutsche Botschaft zu gelangen, um dort vielleicht Auskunft über den Aufenthalt des Vaters zu bekommen. Ein Volkspolizist hatte sie jedoch schon vor dem Gebäude festgenommen, zum Revier gebracht und verhört. Man hatte die Mutter verwarnt: das Betreten der Botschaft war verboten und konnte als versuchte Republikflucht gewertet werden. Aber das war noch nicht alles. Die Mutter musste innerhalb von vier Wochen ein Arbeitsverhältnis nachweisen, andernfalls würde sie als asozial behandelt werden. »Das bedeutet dann, dass ich meine Kinder nicht mehr selber erziehen darf!«

Mit zitternden Fingern zündete sich die Mutter eine Zigarette an. Die Postangestellte schlief.

»Ich brauche eine Arbeit, egal was für eine. Und natürlich brauchen wir auch Geld. Oder hast du gedacht, die Miete und das Essen und die Stromrechnung bezahlt uns der liebe Gott.«

Das hatte Hanna nicht gedacht. Aber sie hatte angenommen, der Verkauf des Autos hätte das Geldproblem gelöst.

»Das Auto ist nicht verkauft. Das Auto ist beschlagnahmt«, sagte die Mutter. Das Auto war auf den Namen des Vaters angemeldet gewesen und der Vater hatte die DDR verlassen, deshalb gehörte sein Auto jetzt dem Staat. So bestimmte es das Gesetz dieses Staates.

Hanna schwieg. Was sollte sie auch sagen. Stumm hockten sie nebeneinander auf der harten Holzbank, und die Stunden verstrichen.

Endlich klingelte das Telefon, die Postangestellte erwachte und wies die Mutter in eine Kabine. Durch die gepolsterte Tür hörte Hanna, wie die Mutter russische Sätze in den

Hörer schrie. Dann kam sie heraus und bezahlte. Die Großmutter hatte sie nicht sprechen können. Nachts wurden die Patienten des Sanatoriums nicht ans Telefon gerufen. Am Tage aber war es aussichtslos, eine Verbindung in die Sowjetunion zu bekommen.

»Was machen wir jetzt?«, fragte Hanna.

»Jetzt schreibe ich doch einen Brief«, sagte die Mutter. »Und ich versuche, einen Kollegen zu finden, der in den nächsten Tagen in die Sowjetunion reist. Der den Brief mitnimmt und dort abschickt.«

»Ich bin froh...« sagte Hanna.

Die Mutter warf ihr einen verwirrten Blick zu. »Froh??«

»Ja. Weil du mit mir redest wie mit einer Erwachsenen.« Und wir haben auch zusammen geschwiegen wie zwei Erwachsene, dachte Hanna noch.

Sie gingen den weiten Weg in die Zeppelinstraße zu Fuß. Der Himmel stand noch voller Sterne, während schon das graue Morgenlicht über die Dächer kroch. Erst in einer Stunde würde die erste Straßenbahn fahren.

Zwei Tage später begann die Mutter im Hauptpostamt zu arbeiten, sechs Nächte in jeder Woche.

Die Übung

Mitten in der Chemiestunde heulte die Sirene los. Der an- und abschwellende Ton füllte das ganze Schulhaus. In der 7 b drohte ein Chaos auszubrechen. Obwohl jeder gewusst hatte, dass heute eine Übung stattfinden sollte, machte das laute Geheul sie alle nervös.

»Ruhe!«, schrie Frau Peters. »Das ist doch nur eine Übung.« Mit wedelnden Armen trieb sie die Schüler paarweise zusammen und kontrollierte beim Hinausgehen, dass niemand etwas mitnahm. Das gehörte zu den Vorschriften: Im Katastrophenfall mussten die Schüler ihre Mappen, Bücher, Jacken in den Klassenräumen liegen lassen und sich in Zweierreihen auf den Schulhof begeben.

Die 7 b sollte die linke Seitentreppe benutzen. Die Sirene jaulte immer noch. Die Kinder eilten die Stufen hinunter und stellten fest, dass die Glastür zum Hof verschlossen war. Streng nach der Vorschrift hatte auch Frau Peters ihre Tasche mit dem Schlüsselbund auf dem Lehrertisch liegen gelassen. Zurück konnten sie nicht, hinter ihnen blockierte die 8 a die Treppe.

»Zum Haupteingang«, kommandierte Frau Peters. »Im Laufschritt, marsch!«

Kreischend galoppierten die Klassen durch das Schulhaus. Am Portal lauerte Direktor Knecht mit der Stoppuhr. Die Schüler rannten zu ihren Plätzen im Appellkarree und bauten sich in Dreierreihen auf. Bei der Fahnenstange stand ein Offizier der Nationalen Volksarmee. Und neben ihm...

»Das ist ja Peepees Vater!«, rief Katja erstaunt und zeigte auf den Mann, der die graue Kluft der Betriebskampfgruppen trug. »Was macht der denn hier in der Schule? Die Peters hat uns doch erzählt, Kampfgruppen schützen die Betriebe?«

Die Sirene verstummte plötzlich. Der Armeeoffizier räusperte sich und setzte zu einer Rede an. Er sagte, dass die Kinder sich glücklich schätzen dürften, in einem Land zu leben, in dem es keine Erdbeben, keine Bürgerkriege und keine Hungersnöte gäbe. »Für dieses Leben in Sicherheit müssen wir natürlich etwas tun und dazu dient unsere kleine Übung. Wir gehen von einem Katastrophenfall aus, der sofortige Evakuierung erfordert. Diese Evakuierung wird bis morgen dauern. Von euch erwarte ich absolute Disziplin. Heute üben wir nur. Sollte es wirklich einmal einen Ernstfall geben, einen Chemieunfall oder eine atomare Bedrohung, dann würdet ihr natürlich alle Schutzanzüge und Masken bekommen. Aber für eine Übung können wir nicht sechshundert Anzüge und Masken heranfahren. Außerdem passen die meisten von euch sowieso noch nicht in die Anzüge.« Der Offizier stieß ein heiseres Lachen aus. »Wir beschränken unsere gemeinsame Übung auf das effektiv schnellste Verlassen der Gefahrenzone.«

Die Klassenlehrer verteilten an alle Schüler kleine rechteckige Beutel aus grauer Folie mit einer Schnur zum Umhängen. Hanna betastete die Folie. In den Beutel schien eine Karte eingeschweißt zu sein. Außen war ihr Name aufgedruckt. Herold, Johanna. Weiter nichts.

Wozu sind diese Beutel gut? überlegte Hanna. Ihr Blick begegnete Ollis Augen und sie sah, dass er das Gleiche gedacht hatte. Aber niemand fragte nach der Bedeutung der kleinen grauen Beutel, Hanna nicht, Olli nicht, keiner der sechshundert Schüler. Stille sank über den Hof, als sie sich alle ihre Karten um die Hälse hängten.

Vor der Schule warteten Armeelastwagen mit laufenden Motoren, für jede Klasse einer. Männer in Kampfgruppenuniformen sperrten die Straße ab, sie standen alle unter dem Befehl von Peepees Vater. Die Kinder wurden zum Seeufer gebracht. Am Fährsteg lag ein Ausflugdampfer. Die

Schüler der fünf unteren Klassenstufen wurden aufgerufen. Soldaten halfen ihnen beim Abspringen von den Lastwagen und wiesen ihnen ihre Plätze auf dem Dampfer zu, der sofort ablegte und auf das offene Wasser zuhielt.

»Wohin fahren die?«, fragte Hanna, die durch einen Spalt der LKW-Plane äugte. »Vielleicht nach Seddin in die Jugendherberge?«

Ein Stück weiter, an der schmalsten Stelle des Sees, lagen aneinander gekettete Pontons auf dem Wasser. Hier mussten die älteren Schüler von ihren Lastwagen springen und in Zehnergruppen antreten. Sie sollten, befahl ihnen der Offizier, auf der Pontonbrücke zur Halbinsel Hermannswerder hinüberlaufen.

Gehorsam betraten die ersten zehn aus der 6 a die Brücke, die augenblicklich zu schwanken begann. Die Kinder kreischten, aus Angst oder aus Spaß, wer konnte das wissen. Manche federten kräftig in den Knien, so dass sich das Schwanken bis zum letzten Ponton fortsetzte. Soldaten mit umgehängten Maschinenpistolen sicherten die Zehnergruppen zu beiden Seiten. Hanna überlegte, was sie machen würden, wenn jemand ins Wasser fiele: Hinterherspringen? Mit den Maschinenpistolen oder ohne? Springen sie alle? Oder nur einer? Müssen sie warten, bis der Offizier einen Befehl gibt?

Natürlich würde nichts passieren. Die Brücke war breit genug, dass ein Panzer hätte darüber fahren können.

Als hätte Olli ihre Gedanken gehört, fragte er: »Warum bringen die uns nicht mit den LKWs rüber?«

»Ruhe!«, schrie Knecht, der neben dem Offizier am Beginn der Pontonbrücke stand.

Die sechsten Klassen und die 7 a waren schon am anderen Ufer angelangt.

Hanna gehörte zur ersten Zehnergruppe der 7 b. Sie sprang vom Wagen, ein Soldat fing sie auf und gab ihr einen Schubs hinüber zur Brücke. Aber eine plötzliche Schwäche hinderte Hanna daran, die schaukelnden Pontons zu betreten. Schweißbäche rannen ihr über Gesicht und Rücken und in ihrem Kopf breitete sich eine seltsame Leere aus. Hanna rutschte auf den Boden, rollte zur Seite und blieb so liegen.

Ärgerlich fragte Knecht: »Was soll das Theater – hast du etwa Angst?«

Wovor denn, dachte Hanna verwundert, aber sie merkte, daß Knechts Vermutung stimmte: Sie hatte Angst.

Mittlerweile waren alle Klassen von ihren Lastwagen abgestiegen. Hanna sah die achten, neunten und zehnten Klassen wie eine Mauer am Ufer stehen. Vergebens suchte sie das Gesicht von Peepee. Mir fehlt nichts, wollte sie sagen. Doch aus ihrem Mund drang nur ein stimmloses Ächzen. Der Himmel schien seine Farbe zu verlieren und die Stimmen der Kinder vermischten sich zu einem schwirrenden Geräusch. Hanna versuchte, das Gras festzuhalten, auf dem sie lag, aber die Erde unter ihr löste sich auf und eine dröhnende Stimme sagte: »Im Ernstfall bekommst du eine Maske.«

Das erste, was sie beim Erwachen sah, war eine Frau in Armeeuniform. Die Frau kniete neben ihr und fühlte ihren Puls.

»Ich will keine Maske«, flüsterte Hanna.

Olli beugte über sie und griff nach ihrer Hand und die

Angst flog endlich weg. »Ich bringe dich nach Hause!«, sagte Olli.

»Das geht nicht«, entgegnete der Offizier. »Euer Wohngebiet liegt in der Gefahrenzone.«

»So ein Quatsch!«, schrie Olli. »Ich denke, das Spiel ist vorbei?«

Da sah Hanna, dass der Übergang der Schüler über den See beendet war. Riesige Fahrzeuge belagerten das Ufer und klappten die Pontons wie Spielkarten zusammen. Auf der anderen Seite des Sees marschierten die Schüler landeinwärts.

»Wir tun hier alle unsere Pflicht, mein Junge«, sagte der Offizier zu Olli. »Und deine Pflicht ist es jetzt, deiner Freundin zu helfen, damit sie aus der Gefahrenzone kommt.«

Wenige Minuten später hockten Hanna und Olli zwischen bewaffneten Soldaten auf einem Lastwagen, der erst durch die Stadt und danach durch den Wald fuhr. Im Halbdunkel unter der LKW-Plane musterte Hanna die Gesichter der Soldaten. Manche schliefen, manche rauchten. Alle waren sie sehr jung. Als hätten sie die Jungs aus der Zehnten in Uniformen gesteckt, extra für die Übung, dachte Hanna.

Der Lastwagen hielt auf einem Schulhof. Alle anderen waren längst da. Niemand achtete auf die Ankunft der beiden Nachzügler. »Das ist die Schule in Caputh«, sagte der Soldat, der Hanna vom Wagen hob. »Wir sind um den See herumgefahren«. Feldküchen rauchten auf dem Hof. In dicken, mehrfach gewundenen Schlangen drängelten sich die Kinder nach Essen.

»Hierher!«, rief Katja. »Hanna, Olli, hierher!«

Hanna und Olli schoben sich neben Katja in die Schlange. Während sie noch ihre Erbsensuppe löffelten, wurden die jüngeren Klassen schon aufgerufen und weggeführt. Sie sollten in Kindergärten und bei Familien untergebracht werden. Hanna hielt Ausschau nach Tommi, konnte ihn aber nirgends entdecken.

Hoffentlich macht er nicht wieder ins Bett, dachte sie.

Am späten Nachmittag spielte auf dem Schulhof eine Soldaten-Band zum Tanz. Stände wurden aufgebaut, an denen die Schüler mit Luftgewehren schießen durften. Stolz zeigte Katja ihre Scheiben: zehn Treffer, davon dreimal mitten ins Schwarze!

Hanna tanzte erst mit Olli, aber als die Soldaten einen langsamen Titel spielten, tauchte Peepee neben ihnen auf und zog Hanna weg.

»Geht's dir besser?«, fragte Peepee.

Hanna konnte nur stumm nicken. Lange, sehr lange tanzten sie schweigend und mit winzigen Schritten auf den rauen Steinplatten des Schulhofs. Hanna nahm die anderen Tanzenden gar nicht mehr wahr. Das kleine Steinquadrat unter ihren Füßen wuchs zu einem neuen Universum, das nur von ihr und von Peepee bewohnt wurde. Sie spürte Peepees Hände auf ihrem Rücken, Peepees Herzschlag an ihrer Brust. Vor ihren Augen bewegten sich seine Lippen.

»Was hast du gesagt?«, fragte sie verwirrt.

»Nichts.« Peepee drückte sie an sich, und Hanna ließ ihr Gesicht in die Kuhle zwischen seinem Hals und seiner Schulter sinken. Sie schloss die Augen und wieder war ihr, als wollte sich der Boden unter ihren Füßen auflösen – aber diesmal war das ein ausgesprochen herrliches Gefühl. Als die Band eine Polonaise anstimmte, murmelte Peepee: »Komm, wir gehn weg hier.«

Zwischen dem Schulhaus und der Turnhalle wuchs eine Weide mit tief überhängenden Zweigen. In diesem Versteck umarmten sich Hanna und Peepee und Peepee küsste Hanna. Seine Lippen waren ganz weich und schmeckten nach Kaugummi. Hanna legte ihre Arme um Peepees Hals und wünschte sich, dass er sie nie mehr loslassen sollte. Peepee zog sie hinunter auf das vertrocknete, kratzige Gras. Er küsste ihren Hals und ihren Blusenausschnitt und drückte ihre Hüften fest an seinen Bauch. Vom Hof dröhnte die Musik mit ihren dumpfen, hämmernden Bässen herüber. Peepee schob Hannas Rock hoch und strich mit der Hand sachte an ihrem Oberschenkel entlang.

»Nein«, sagte Hanna schwach. »Nein, nicht!«

»Ich will dich doch nur streicheln«, flüsterte Peepee dicht an ihrem Ohr. »Und du streichelst mich auch.«

Hanna schüttelte den Kopf und stemmte die Hände gegen seine Brust. Peepee nahm seine Hand weg und zog ihren Rock glatt. Hanna setzte sich auf. Ihre Wangen brannten, als hätte sie geweint. Auch Peepees Gesicht war heiß und rot.

Die Musik brach ab. Über den Lautsprecher wurden die Schüler aufgefordert, sich klassenweise das Abendbrot abzuholen und in die Quartiere zu gehen. Lautes Johlen und Pfeifen beantwortete diese Durchsage.

Hanna stand langsam auf. Sie wusste plötzlich nicht mehr, wie sie sich bewegen sollte.

Peepee holte seinen Kamm aus der hinteren Hosentasche. »Du bist ganz verstrubbelt«, sagte er heiser.

Hanna fuhr mit dem Kamm durch ihre Haare und dachte: Sind wir jetzt ein Liebespaar?

»Ich geh schon mal vor«, sagte Peepee. »Muss uns ja nicht jeder zusammen sehen.«

Schon morgens gegen zehn Uhr flimmerte die Hitze über dem Hof in der Zeppelinstraße, und die Steine der Brandmauer fühlten sich an wie heiße Ofenkacheln.

»Das ganze Wochenende ist versaut wegen der blöden Übung«, maulte Olli.

Katja sagte: »Wieso? Sei froh, dass sie uns so früh zurückgebracht haben. Und ein schulfreier Samstag ist doch nicht zu verachten.«

Hanna schwieg.

Sie hockten zu dritt im Kastanienbaum und blickten hinunter auf die drei Männer im Hof. Peters trug noch die Hose von der Kampfgruppenuniform, sein muskulöser Oberkörper glänzte schweißnass, zusammen mit Uwe Lombach grub er die Erde neben dem Mäuerchen um, das den Hof von der Straße trennte. Gutowski glättete die aufgeworfenen Schollen mit einer Harke.

Unterm Baum im Schatten stand ein Korb mit Heckenpflanzen.

Uwe Lombach rief: »Los, ihr Faulenzer, bewegt euch abwärts! Und bringt den Korb mit, wir sind jetzt soweit!«

»Gleich!«, antwortete Olli und setzte leise hinzu: »Ich zeig euch erst noch was.«

Aus seiner Hosentasche holte er einen kleinen Gegenstand. Katja schnaufte gelangweilt, als Olli seine Hand öffnete und die eingeschweißte Karte sehen ließ. Er hatte sie einfach behalten, als sie die Karten heute Morgen zum Ende der Übung abgeben sollten. Hanna rückte neugierig näher. Was für Angaben so eine Karte wohl enthielt? Adresse und Geburtsdatum? Die Personenkennzahl? Oder wer bei einem Unfall zu benachrichtigen war? Auf jeden Fall musste es etwas Wichtiges sein, etwas im Ernstfall Lebensrettendes womöglich.

Olli schlitzte mit seinem Taschenmesser die Folie auf und zerrte die Karte heraus. Er wendete sie hin und her und reichte sie schließlich den Mädchen. »Was das nun soll«, sagte er beleidigt. Er hatte wahrscheinlich geheime Auskünfte über sich selbst erwartet. Aber die Karte war leer. Ein glänzendes weißes Stück Plastik, wie ein Teigschaber. »Und Anzüge hätten sie uns auch nicht gegeben«, sagte Olli noch. Er rutschte am Stamm hinunter, griff nach dem Korb und schleppte ihn zum Mäuerchen.

Katja hielt Hanna zurück. »Warte noch. Ich muss dir was erzählen.« Sie stockte und kicherte verlegen.

»Was denn? Nun sag schon!«

»Es ist wegen gestern.« Katja seufzte. »Stell dir vor, ich hab mit Peepee geschlafen.«

»Was hast du??« Langsam begann sich der Hof unter Hanna zu drehen.

»Mensch, mach den Mund wieder zu, ja? Es hat sich eben so ergeben. Alle saßen rum und mampften das Zeug aus den Verpflegungsbeuteln. Er stand ganz alleine und sah irgendwie komisch aus. Einsam oder so was. Ich hab ein bisschen mit ihm geredet und dann sind wir hinter die Turnhalle gegangen. Da stand so 'ne Trauerweide. Hanna, was ist denn?«

Verblüfft starrte Katja die Freundin an. Hanna umklammerte den Ast so fest, dass ihre Fingerknöchel weiß hervortraten.

»Du darfst das nicht so ernst nehmen. Mir ist doch nix Schlimmes passiert! Glaub mir, da ist nichts weiter dran. Es ist überhaupt nicht romantisch. So als ob dich jemand in den Arm kneift, weiter nix. Also guck nicht so entsetzt. Ich musste es dir nur einfach erzählen, weil du meine beste Freundin bist. Aber du sagst es keinem, versprochen?«

Hanna nickte. Und dann fing sie an zu weinen.

»Ich bin blöd«, sagte Katja zerknirscht. »Ich hab vergessen, dass du in Peepee verknallt warst. Aber ich dachte, das ist längst vorbei!? Hanna, sei mir nicht böse. Wenn ich jetzt mit Peepee gehe, könntest du doch mit Olli – der ist sowieso verliebt in dich, ehrlich!«

»Hör auf«, schluchzte Hanna. »Halt doch bloß endlich deine Klappe!«

Geburtstagsfeier

Die Fahrradspeichen flirrten in der Sonne. Dieser Samstag war der erste Ferientag und die Zwillinge hatten Geburtstag. Wie in jedem Jahr sollte am Abend im Hof unter dem Kastanienbaum gefeiert werden. Aber jetzt fuhren die Geburtstagskinder und ihre Freunde erst einmal zusammen baden.

Die Fähre brachte sie mit ihren Fahrrädern über den See. Hanna zwang sich, nicht an die Pontonbrücke zu denken, nicht an die Übung, an den Tanz und an die Weide. Sie wollte nie mehr an diesen Tag denken und nie mehr an Pee-pee. Peepee war nach Ungarn gefahren, gestern Abend schon. Hanna musste ihm nicht mehr begegnen.

Sie fuhren am Ufer entlang bis zum Schwimmbad. Am Eingang hing ein großes Schild: Baden auf eigene Gefahr!

»Was soll denn das heißen?«, fragte Katja.

Die Frau an der Kasse antwortete: »Das heißt, dass man beim Schwimmen den Mund zumachen soll.«

Pauline kicherte.

»So ein Schwachsinn!«, sagte Olli und kaufte für alle Ein-trittskarten.

Die Zwillinge hatten von ihren Eltern Geld bekommen, damit sie ihre Freunde bewirten konnten. Beladen mit Würstchen, Kartoffelsalat, Colaflaschen und Schokoriegeln ließen sie sich dann alle fünf am Strand nieder. Im flachen Wasser stand ein Pfahl mit einem zweiten Schild: Baden auf eigene Gefahr.

»Wahrscheinlich haben sie den See vermint!«, sagte Olli kauend.

»Haahaa, sehr komisch!« Katja tippte sich an die Stirn. »Willst du Tommi und Pauline Angst einjagen?«

Aber die beiden Jüngeren hatten gar nicht zugehört. »Da ist Miss Piggy«, sagte Tommi. »Sieht aus, als hätte sie Är-ger.«

Danuta Sasse, krebsrot von der Sonne, rannte am Wasser entlang, verfolgt von zwei Jungen aus der sechsten Klasse. Die Jungen holten Danuta ein, einer stellte ihr ein Bein, das Mädchen fiel und schrie auf. Hanna und die Zwillinge ver-ständigten sich mit einem Blick: Das dort war bestimmt kein Spaß. Mit wenigen Sprüngen waren sie bei Danuta.

Die Jungen zerrten an Miss Piggys Pferdeschwanz und riefen Schimpfworte, die sich auf ihren dicken Körper und ihre roten Haare bezogen. Danuta weinte.

»Haut ab oder es knallt!«, schrie Katja.

Laut lachend verzogen sich die Jungen. Aber Miss Piggy heulte und heulte.

»Hör schon auf«, sagte Katja. »Wir haben heute Geburtstag. Kannst mitfeiern, wenn du Lust hast.«

Tommi war nicht sehr begeistert, als Miss Piggy ihre Decke an seiner Seite ausbreitete. Aber er hatte nichts dagegen, dass sie Würstchen und Salat mit ihr teilten. Und dann wollten sie endlich schwimmen. Niemand dachte daran, dass man mit vollem Magen nicht ins Wasser gehen soll. Sie planschten und kreischten und sprangen von der Schwimmplattform immer wieder in den See, bis die Sonne sich rot zu färben begann und langsam hinter den Bäumen am anderen Ufer verschwand.

Obwohl es noch hell war, brannte im Hof in der Zeppelinstraße schon eine bunte Lichterkette. Unter dem Kastanienbaum standen Tische und Bänke, auf Tellern und Platten türmten sich belegte Brötchen, Salate, Gewürzgurken. Uwe Lombach legte Buletten auf den Grill. Katja schob ihre Lieblingskassette in den Recorder und Pauline bat Tommi, mit ihr zu tanzen. Aber sie vergaß diesen Wunsch sofort, als zwei Autos auf den Hof fuhren.

»Oma!«, schrie Pauline begeistert. »Opa!«

Innerhalb weniger Minuten füllten sich die Bänke unter dem Baum. Die Lombach-Großeltern hatten Renates jüngeren Bruder Bernie und seine Freundin mitgebracht. Gelächter, Musik und Stimmengewirr schwirrten durch den Hof.

Am Ende des Tischs saß Lisa Herold, ganz allein mit einem Glas Rotwein.

Hanna schnappte sich eine saure Gurke und fragte: »Musst du heute gar nicht arbeiten gehen?«

»Sie haben mich rausgeschmissen«, antwortete Lisa.

Plötzlich verstummten die Gespräche, und alle Augen richteten sich auf Lisa. Sie trank ihr Glas auf einen Zug leer und begann stockend zu erzählen, wie sie immer die Säcke mit Auslandspost und mit Briefen aus Westdeutschland in ein Büro bringen musste, das neben dem Sortiersaal lag und kein Türschild hatte. »Dort sitzt das Schwarze Kabinett«, erklärte sie.

Aha, dachte Hanna. Dort wird also die Post kontrolliert, genauso wie Frau Aveling es behauptet hat.

Gestern Nacht war einer der Säcke von der Karre gerutscht und aufgeplatzt und als Lisa sich hinhockte, um die Briefe wieder einzusammeln, sah sie plötzlich die Handschrift ihres Mannes auf einem der Umschläge. Sie riss den Brief an sich und schob ihn in ihre Kitteltasche – im gleichen Augenblick, als die Bürotür sich von innen öffnete und der Chef der Briefkontrollstelle heraustrat. Lisa durfte den an sie gerichteten Brief nicht einmal lesen, ehe er ihr weggenommen wurde.

»Ich konnte überhaupt nicht schlafen. Ich muss immer an den Brief denken. Ich versuche mir vorzustellen, was Klaus uns geschrieben hat.«

»Ein Brief von Ihrem Mann?«, fragte Lombachs Oma. »Wenn der gestern im Hauptpostamt lag, kriegen Sie ihn doch sowieso nächste Woche.«

Bernies Freundin Dörte verdrehte die Augen und sagte: »Lebst du auf dem Mond?«

»Wir haben noch keinen einzigen Brief von Papa bekommen, seit er drüben ist«, sagte Hanna. »Und telefonieren können wir auch nicht. Das Telefon ist kaputt, schon wochenlang.«

Renate stieß ihren Bruder an. »Mensch, Bernie, kannst du dir das nicht mal ansehen? – Er arbeitet bei der Post, als Fernmeldetechniker«, sagte sie zu Lisa.

Bereitwillig ließ sich Bernie von Hanna in die Wohnung führen. Er schraubte den Telefonhörer auseinander und pfiff durch die Zähne.

»Haben Sie was gefunden?«, fragte Hanna hoffnungsvoll.

»Das kann man wohl sagen!« Bernie stocherte mit dem Schraubenzieher in dem Hörer herum und löste ein paar Kontakte. »Euren Telefonanschluss kann ich nicht wiederherstellen. Aber die Abhöranlage, die funktioniert jetzt nicht mehr.« Er schraubte den Hörer wieder zu.

»Abhöranlage?« Hanna starrte Bernie an.

»Klar. Das ist ganz einfach. Die Sprechmuschel ist im Prinzip nichts anderes als 'n Mikrofon. Und ein Mikro kann man benutzen, um die Wohnung auszuhorchen. Akustische Überwachung nennt man das.«

Hanna rannte zurück in den Hof und berichtete mit vor Entrüstung überkippender Stimme, was Bernie in ihrem Telefon gefunden hatte.

»Ihr leidet wohl an Verfolgungswahn«, sagte Lombachs Großvater.

Renate stemmte die Arme in die Seiten. »Sooo?«, rief sie grimmig. »Hier bespitzelt doch jeder jeden! Sogar die Kinder in der Schule werden ausgehorcht. Wisst ihr, was Paulines Klasse im Mathe-Unterricht machen musste, als sie die Uhr gelernt haben? Die Fernsehuhr sollten sie malen!«

»Na und?«, fragte der Großvater.

»Mann, bist du schwer von Begriff«, sagte Dörte. »Die Uhr vom Westfernsehen sieht ganz anders aus als die Ostuhr! Da können sie sofort feststellen, welche Familien Westfernsehen gucken!«

Renate nickte. »Und ich sag euch noch was. An dem Tag war Paulines Lehrerin krank und sie hatten Vertretung.«

Nein! dachte Hanna, nicht Peepees Mutter! Unwillkürlich hob sie den Blick zum zweiten Stock. Obwohl Peepees Zimmer dunkel war, sah sie dort deutlich jemanden am offenen Fenster stehen. Peepee konnte das nicht sein, der war in Ungarn.

Renates laute, aufgeregte Stimme schlug gegen die Hausfassade, jeder sollte das hören, jeder: Frau Peters hatte die Kinder die Uhr zeichnen lassen, die Klassenlehrerin der Zwillinge!

»Glaubt mir, es gibt Schlimmeres«, sagte der Großvater. »Wer nichts zu verbergen hat, braucht auch keine fremden Augen und Ohren zu fürchten. Damals, im Krieg...«

»Ach, Paul, hör schon auf!«, seufzte die Oma.

Hanna sagte: »Wenn Mama keine Arbeit hat, schicken sie uns die Jugendhilfe auf den Hals.«

Dörte und Bernie wechselten einen Blick. »Das Josefskrankenhaus sucht Hilfskräfte für die Stationen«, sagte Dörte zögernd. »Ich weiß das, weil ich selber dort... Ich würde ja mit Ihnen hingehen, aber wir fahren morgen in den Urlaub. Und danach...«

»Sie arbeitet dann nicht mehr dort«, ergänzte Bernie. »Ihre Stelle ist frei, ab sofort.«

»Ich kann das nicht. Ich hab das nicht gelernt«, sagte Lisa.

Dörte redete ihr zu: »Ich auch nicht. Ich war vorher in der Stadtverwaltung. Die Arbeit ist nicht leicht, klar. Aber das Klima ist angenehm dort, die Ordensschwestern sind sehr nett und es arbeiten viele Ausreiser da.«

Hanna dachte, sie hätte sich verhört. »Wovor sind die ausgerissen??«

Ein Ausreiser, erklärte aber Dörte, das war jemand, der einen Ausreiseantrag gestellt und deshalb seine Arbeit verloren hatte. »Ich hab gerne dort gearbeitet.«

»Ich geh am Montag gleich hin!« Lisa lächelte Dörte erleichtert an.

Da sagte Renate leise: »Bernie! Ihr fahrt nach Budapest, stimmt's?«

»Stimmt.«

Renate sank auf ihren Stuhl und begann zu schluchzen.

In das plötzliche Schweigen hinein sagte der Großvater: »Wieder zwei weniger.«

Hanna sah, wie Uwe Lombach einen schnellen Blick zu Peters' Fenster schickt. Auf einmal wusste sie Bescheid: Bernie und Dörte wollten in den Westen. Die Gerüchte, die seit einiger Zeit an der Schule kursierten, die Berichte im Westfernsehen über das Zeltlager mitten in Budapest, wo DDR-Urlauber darauf warteten, dass irgendwann die Grenze nach dem Westen aufgemacht würde – das alles rückte plötzlich ganz dicht heran, mitten in ihren Hof. Das sind Spinner, hatten Hanna und die Zwillinge in der vorigen

Woche noch gesagt. Warum sollten die Ungarn denn die Grenze aufmachen?

Und jetzt verschwanden diese beiden jungen Leute nach Budapest – Bernie, der wußte, wie Wohnungen abgehört werden, und Dörte, die ihre Arbeit in der Stadtverwaltung gegen eine Tätigkeit als Stationshilfe eingetauscht hatte. Und was macht ihr, wenn die Grenze doch geschlossen bleibt, genauso wie hier? wollte Hanna fragen. Wie lange haltet ihr das aus, unter freiem Himmel zu schlafen, in einem fremden Land, dessen Sprache ihr nicht versteht, wo ihr angewiesen seid auf Essen und Trinken vom Roten Kreuz? Habt ihr keine Angst, dass ihr bestraft werdet, wenn ihr wieder zurückkommen müsst?

Aber sie presste die Lippen zusammen. Sie wusste ja nicht einmal, wie es ihrem Vater ging, irgendwo in der Fremde: ob er in einem Lager wohnen musste, ob er arbeiten konnte, ob er gesund war. Ob ihm jemand half. Ob er Geld hatte und genug zu essen.

Weinend umarmte Renate ihren Bruder. Wie es schien, war die Geburtstagsfeier zu Ende.

Wie eine Kulisse

Hanna hätte nie gedacht, dass Ferien so langweilig sein könnten. Alle waren sie fort – alle. Peepee grub in Ungarn nach antiken Scherben, aber an Peepee wollte Hanna sowieso nie mehr denken. Nächstes Jahr fahren wir zusammen zur Grabung, hatte er gesagt, und dann hatte er mit Katja geschlafen. Ihn vermisste Hanna nicht, ganz bestimmt nicht. Aber die Zwillinge vermisste sie sehr. Lang und öde waren die Tage am Badestrand ohne Katja und Olli. Die Zwillinge waren mit Pauline und ihren Eltern nach Bulgarien gefahren, in ein Ferienheim am Schwarzen Meer – für vier Wochen! Lombachs hatten mehrere Jahre für diese Reise gespart und es war nicht einfach gewesen, ein Quartier für fünf Personen zu bekommen.

Auch Tommi war verreist. Für ihn war noch ein Platz frei gewesen im Kinderferienlager des Josefskrankenhauses. Von einem Tag auf den anderen musste er sich entscheiden, ob er mitfahren wollte, und seinen Koffer packen. Tommi war noch nie in einem Ferienlager gewesen. Es schien ihm zu gefallen, er hatte schon zwei begeisterte Postkarten geschrieben.

Die Mutter war selten zu Hause. Am Montag nach der Geburtstagsfeier der Zwillinge hatte sie sich morgens im Krankenhaus vorgestellt und noch am selben Tag ihren Dienst in der Spätschicht angetreten. Nach der wochenlangen Nachtarbeit in der Post war ihr die Umstellung schwer gefallen, aber sie hatte sich schnell eingewöhnt und eine Kollegin gefunden, mit der sie manchmal bummeln ging oder ins Kino. Sie hatte sich endlich die Haare wieder einmal schneiden lassen und sah fast wieder aus wie früher, nur viel dünner war sie geworden. Das kommt vom Kummer, dachte Hanna. Oder vom Rauchen. Oder von beidem.

»Du kommst doch allein zurecht?«, hatte die Mutter beiläufig gefragt.

Ja, Hanna kam zurecht. Sie war alt genug, sie war selbstständig, sie war vernünftig. Und sie war allein. Jeden Abend hockte sie vor dem Fernseher bis ihr die Augen zufielen. Morgens schlief sie lange, dann fuhr sie mit dem Fahrrad zum See. Mittags nahm sie sich etwas zu essen aus dem Kühlschrank, manchmal briet sie sich ein paar Spiegeleier. Auf dem Küchentisch fand sie Zettel mit Anweisungen, was sie einkaufen oder erledigen sollte. Die Mutter sah sie oft tagelang nicht.

Zweimal hatte Hanna an die Mansardentür geklopft. Aber Frau Aveling schien ebenfalls verreist zu sein.

Nur Miss Piggy war dageblieben. Aber Miss Piggy lag im Krankenhaus. Ein Rettungswagen mit Blaulicht hatte sie gestern abgeholt. Hirnhautentzündung hätte sie, behauptete Frau Gutowski, die aus ihrem Küchenfenster den Abtransport beobachtet hatte. Herr Sasse hatte seine Frau angebrüllt: Dass sie an Danutas Krankheit schuld sei, Danuta hätte nicht allein zum See fahren dürfen, der See wäre mit Bakterien verseucht. »Wenn das Kind stirbt, schicke ich dich zurück nach Polen, darauf kannst du Gift nehmen!«, schrie Sasse.

Sasse hatte seine polnische Frau auf einer Dienstreise kennen gelernt, vor vielen Jahren, in Potsdams Partnerstadt Opole. Frau Sasse war die Dolmetscherin seiner Delegation gewesen. Auch Gutowskis stammten aus Opole. Sie hatten bis zum Kriegsende dort gelebt, damals hieß die Stadt Oppeln und gehörte zu Deutschland. Gutowskis sprachen oft von ihrer verlorenen schlesischen Heimat und regten sich bei jeder Gelegenheit über Frau Sasse auf, schimpften auf sie stellvertretend für alle Polen. Polacken, sagte Gutowski. Immer wenn Frau Sasse das Treppenhaus gewischt hatte, wischte Gutowski demonstrativ noch mal nach. »Schweinerei«, keifte er, »polnische Wirtschaft!« Das wagte er aber nur, wenn Herr Sasse nicht zu Hause war. Der arbeitete schließlich im Staatsapparat und er achtete darauf, dass die deutsch-polnische Freundschaft nicht verunglimpft wurde. Privat schrie Herr Sasse natürlich seine Frau an, so oft und so laut er wollte, neuerdings jeden Nachmittag, sobald er von der Arbeit nach Hause kam. Hanna hörte ihn schon, als sie mit dem Fahrrad in den Hof bog. Kopfschüttelnd lehnten Gutowskis aus dem Küchenfenster und lauschten der herrischen Stimme aus dem ersten Stock. Sasse machte seine Frau nicht nur für Danutas Krankheit verantwortlich, sondern auch dafür, dass er in seiner Dienststelle nicht befördert wurde, dass er mit seiner Familie in einer engen Zweizimmerwohnung ohne Bad leben und ein Dutzend Jahre auf das nächste Auto warten musste.

Dann verstummte er, aber gleich darauf flogen aus Sasses Fenster ein Aktenordner mit Papieren und ein Stapel loser, beschriebener Blätter. Der Ordner sauste in die Krone des Kastanienbaumes. Ein Hagel grüner Stachelfrüchte prasselte auf den Hof. Die losen Seiten taumelten zu Boden. Der Ordner blieb an einem Zweig hängen. Hanna lehnte das Fahrrad an die Brandmauer zum Nachbarhaus, bückte sich und sammelte die Papiere auf.

Frau Sasse kam aus der Haustür, atemlos und verweint. »Danke, Johanna«, sagte sie. »Das ist eine Übersetzung für meinen Verlag. Ein Monat Arbeit. Danke.«

»Trennen Sie sich endlich von diesem Ungeheuer!«, verlangte Frau Gutowski. »Es geht mich ja nichts an, aber er trinkt doch, oder? Und er hat Sie auch schon geschlagen?«

»Er ist mein Mann«, entgegnete Frau Sasse leise.

»Jaja, die Polen«, sagte Frau Gutowski. »Die sind alle katholisch, nicht wahr. Die lassen sich sicher nicht scheiden.«

Mit geübten Griffen hangelte sich Hanna in die Baumkrone und schüttelte den Aktenordner herunter.

»Das geht Sie nichts an, Frau Gutowski!«, sagte Frau Sasse und verschwand mit ihren Papieren im Haus.

Das Küchenfenster im Parterre klappte zu.

Hanna stand in der Baumkrone, im grünen Schatten. Sie setzte den Fuß in die nächste Astgabel und zog sich hinauf, höher, noch ein Stück, ganz nach oben. Hanna erinnerte sich, wie sie am Tag nach ihrer Einschulung zu viert im Baum herumgeklettert waren, mit den Zwillingen und Peepee. Peepee war gerade in die zweite Klasse gekommen und er wollte den drei Schulanfängern unbedingt beweisen, dass er größer, stärker und geschickter war als sie. Er stieg immer höher und schließlich musste ihn sein Vater herunterholen, weil er sich vor dem Abstieg fürchtete.

Der Baum war ziemlich gewachsen seit damals. Hanna konnte von ihrem Ast aus direkt in Peepees Küche sehen. Am Küchentisch saß Herr Peters und trank Wodka aus der Flasche.

»Ich kann nicht mehr«, sagte er, »ich habe doch alles auf eine Karte gesetzt.«

Frau Peters war nicht zu sehen, aber sie schien irgendwo in der Küche zu sein und etwas zu antworten, das Hanna nicht hörte.

»Ich bin in die Kampfgruppe gegangen, weil ich dafür später mehr Rente kriege.« Peters trank. »Du hast ja keine Ahnung, was sich da abspielt. Wir sind mit den LKWs ins Übungsgelände gebracht worden, und da war mitten im Wald ein Teil vom Potsdamer Stadtzentrum nachgebaut.«

Wieder entgegnete Frau Peters etwas.

Peters schlug mit der flachen Hand auf den Küchentisch. »Wem soll ich es denn sonst erzählen, verdammt noch mal. Der Platz der Nationen stand da, ringsum die Hausfassaden, die Post, das Tor, alles. Wie eine Filmkulisse! Was das gekostet hat! Der ganze Platz war voller Leute, das sollten Demonstranten sein. Wir hatten den Befehl, diese Zusammenrottung aufzulösen. So was sollten wir üben – wir, die Kampfgruppe! Wir sind dazu da, im Notfall unseren Betrieb zu schützen – aber das da im Wald, was hat das mit unserem Betrieb zu tun?! Diese Leute, die Protestierer, die warfen mit Steinen und Flaschen auf uns, alles ganz echt. Wir mussten richtig drauflos dreschen, wir mussten uns wehren, wenn wir nicht selber zu Boden gehen wollten. Ich frage mich, was das für welche waren. Polizisten vielleicht. Oder welche von der Stasi. Was meinst du? Es gab Verletzte. Alles wie echt.«

Er verstummte und schaute aus dem Fenster, haargenau in Hannas Richtung. Sie erstarrte und hielt den Atem an. Aber die Kastanienblätter verbargen sie vor seinem Blick.

Frau Peters trat an den Tisch und nahm die Flasche weg.

»Ich habe immer gemacht, was von mir erwartet wurde«, sagte Peters. »Ich bin stolz drauf, wenn ich gebraucht werde. Aber das, das geht zu weit. Wenn sie mit Protestdemonstrationen rechnen, sollen sie die Polizei die Drecksarbeit machen lassen, nicht uns.«

»Das war doch nur eine Übung«, sagte Frau Peters, dicht beim Fenster.

»Nein, das wird Ernst«, widersprach ihr Mann. »Das geht hier alles den Bach runter. Und dann... Dann kann uns nicht mal ein Wunder retten. Wir müssen uns um den Jungen kümmern. Die Ungarn machen die Grenze nach Österreich auf.«

»Das glaubst du doch nicht im Ernst?! Und wenn schon. Was soll der Junge im Westen?«

»Ich hole ihn zurück.« Peters stand auf.

Peepees Mutter sagte: »Peter ist gut aufgehoben in seinem Jugendlager. Dort ist er unter Aufsicht. Außerdem ist es zu spät, ihm hinterherzufahren. Seit heute kriegt niemand mehr ein Visum für Ungarn. Das steht in der Zeitung.«

»Das werden wir ja sehen! Ich gehe in die Dienststelle in der Hegelallee, zur Staatssicherheit, jawohl! Wofür hab ich eigentlich unterschrieben? Jetzt will ich einmal eine Gegenleistung sehen. Sie sollen mir ein Visum verschaffen. Ich hole den Jungen zurück.«

»Sei nicht hysterisch!«, hörte Hanna Frau Peters sagen. Da brach der Ast, auf dem sie stand, und krachte mit großem Getöse in den Hof hinab. Eine letzte lose Seite von Frau Sasses Manuskript flatterte aus dem Geäst. Hanna klammerte sich am Stamm fest, rutschte bis zum nächsten Ast, zerschrammte sich die Oberschenkel an der harten Rinde. Oben lehnte Peters aus dem Fenster und schimpfte. Zitternd hangelte Hanna sich abwärts. Als Peters aus der Haustür stürzte und zum Baum rannte, um ihr zu helfen, stand sie schon auf festem Boden.

Peters musterte den Kastanienast. »Alles bricht zusammen«, sagte er, scheinbar zusammenhanglos. Dann fragte er argwöhnisch: »Was hattest du überhaupt da oben zu suchen?«

»Ich wollte die Papiere aus dem Baum holen, für Frau Sasse«, log Hanna.

»Papiere?« Verständnislos starrte der Mann Hanna an. Sein Atem roch nach Schnaps.

Nutze den Tag!

An einem verregneten Nachmittag Anfang August beschloss Hanna, Hinky zu besuchen. Nachdem sie den Häuserblock umrundet und die menschenleere Kleingartenanlage durchquert hatte, lehnte sie ihr Fahrrad an den Zaun und klopfte an das große Werkstattfenster. Es war ganz still hier, nur der Regen trommelte auf das Dach, auf die Hofsteine. Hanna rannte zur Tür und rüttelte an der Klinke. Und plötzlich zuckte ihre Hand zurück, als hätte sie sich verbrannt: Die Tür war versiegelt. Hanna erkannte sofort die runden, mit einer dünnen Kordel verbundenen Papiermarken. Angst überfiel sie – die gleiche Angst wie in der Nacht nach der Verhaftung des Vaters. Sie floh von dem verlassenen Hof. Keuchend bog sie in die Zeppelinstraße ein, sprang erst vor der Haustür vom Sattel und schleppte das Rad in den Keller. Sie versuchte ihren heftigen Atem zu beruhigen und lauschte ins Treppenhaus. Alles war still.

Fieberhaft überlegte Hanna: Wie lange hatte sie Hinky nicht gesehen? Seit sie am See auf Peepee gewartet hatte – Wochen waren seither vergangen! Dass die Werkstatt versiegelt war, konnte nur bedeuten, dass Hinky verhaftet worden war. Und sie hatte nichts davon gemerkt.

Zögernd ging Hanna auf das Ende des Kellerganges zu,

löste das lockere Brett und betrat den Geheimgang. Natürlich hatte sie nicht daran gedacht, die Taschenlampe aus der Wohnung zu holen. Unsicher tastete sie sich durch die Dunkelheit.

Die hintere Werkstatttür war nicht verschlossen, genauso wie damals bei ihrem ersten Besuch. Hanna glaubte ihren Herzschlag von den Wänden widerhallen zu hören. Die Werkstatt war verwüstet. Alle Schubladen standen offen. Die Kästen mit den Bleibuchstaben waren zum Teil herausgerissen und ausgekippt worden. Den Boden bedeckten schmutzige Papierblätter und Tausende von Lettern.

Das kriegt man nie wieder auseinander sortiert, dachte Hanna entsetzt. Wenn Hinky wiederkommt – wie soll er in diesem Durcheinander je wieder arbeiten können?

Plötzlich saß Hanna weinend auf dem Fußboden, in der Ecke zwischen Wand und Schreibtisch, genauso wie Hinky bei ihrer ersten Begegnung. Ihre Schluchzer hallten von den Wänden zurück und füllten den verlassenen Raum. Hanna heulte ihren ganzen Schmerz und Jammer aus sich heraus. Zwar hatte sie Hinky kaum gekannt, aber seine Verhaftung machte ihr auf eine überraschende Weise klar, dass die Verhaftung des Vaters kein Einzelfall gewesen war, dass es vielleicht viele solcher Menschen wie den Vater gab, die sich Gedanken um ihr Land und um ihre Zukunft machten und etwas dafür tun wollten. Und es wurde Hanna deutlich, wie schlimm es um dieses Land bestellt sein musste, wenn Leute wie der Vater und wie damals die Studentin Gudrun Aveling als so gefährlich angesehen wurden, dass man sie verhaftete.

Doch warum Hinky? Warum war die Werkstatt durchsucht worden? Vielleicht hatte Hinky etwas gedruckt, was er nicht drucken durfte? Aber er hatte ihnen erzählt, dass er nur Einladungen und Familienanzeigen herstellte – keine Bücher. Hanna rappelte sich auf und nahm ein Blatt Papier vom Boden.

Sie las und erinnerte sich sofort an den Mann mit der Ledertasche und den Reagenzgläsern – Friedo, Hinkys Freund. Und an die Schilder am See: Baden auf eigene Gefahr. Und an Miss Piggy, die im Krankenhaus lag. Sie las den Text und auf einmal passte alles zusammen: Aus den am Stadtrand liegenden Kasernen wurden ungeklärte Abwässer und Fäkalien in die Seen geleitet, aus den Panzerwaschanlagen Altöl und verschiedene andere Chemikalien. In den Seen starben die Fische und die Badegewässer waren mit Krankheitserregern verseucht. Hirnhautentzündung, Gelbsucht, Durchfälle... Nichts wurde getan, um diese Zustände zu ändern und die Informationen darüber wurden der Bevölkerung verheimlicht.

Danuta Sasse. Hinky.

Hanna hatte das dringende Bedürfnis, mit jemandem über das Flugblatt zu sprechen. Am liebsten mit Olli, der damals so begeistert von Hinkys Druckerei gewesen war – aber er war wohl auch nie wieder hier gewesen. Und jetzt lag er am Schwarzmeerstrand in der Sonne. Diesmal war auch keine Frau Aveling da, die Hanna alles erklären konnte.

Eigentlich brauche ich niemanden, der mir das hier erklärt, dachte Hanna. Diesmal verstand sie ohne fremde Hilfe. Sie sammelte die Blätter auf und stopfte sie in einen Müllsack – alle, bis auf eins. Sie hob die leeren Setzkästen vom Fußboden hoch und schob sie in die Schrankfächer zurück. Dann zerrte sie eine Holzkiste unter dem Werkstatttisch hervor und begann die Bleilettern zusammenzufegen. Mit der Kehrschaufel schippte sie die Buchstaben in die Kiste. Ihre Wangen fühlten sich rau an von den getrockneten Tränen. Vielleicht kann Hinky die Buchstaben doch noch gebrauchen, hoffte sie. Wenn er wiederkommt. Wir müssen ihm aufräumen helfen.

Und wenn er nicht wiederkäme? Wenn er aus dem Gefängnis gleich in den Westen ging, wie Hannas Vater? Dann würde die Werkstatt für immer unbenutzt hinter der versiegelten Tür liegen – verschlossen für alle, außer für Hanna und die Zwillinge. Olli wollte doch Drucker werden. Und vielleicht...

Hanna schüttelte diese Gedanken ab. Was auch mit Hinky geschehen sein mochte – die Druckerei würde ihnen nie gehören. Trotzdem würde sie bestimmt noch einmal hierher zurückkehren, mit Olli, bald. Sie steckte das Flugblatt ein und ließ ihre Augen durch den Raum schweifen: Jetzt sah es hier drin beinahe so aus wie vor der Durchsuchung, und Hinky müsste nicht beim ersten Anblick erschrecken.

Hanna schlich durch den Keller zurück ins Treppenhaus und stieg hinauf bis in die erste Etage. Noch einmal lauschte sie, ob sich im Haus etwas rührte. Dann schob sie das Flugblatt in Sasses Briefkasten.

Sie war kaum unten in ihrer Wohnung und ein wenig zu Atem gekommen nach der beunruhigenden Entdeckung, da läutete der Türgong. Auf dem Treppenabsatz stand Frau Peters. Hanna erschrak. Hatte Peepees Mutter sie etwa durch den Türspion mit dem Flugblatt an Sasses Briefkasten gesehen?!

Doch Frau Peters kam wegen etwas ganz anderem: »Also, das kann aber nicht zur Regel werden, Johanna. Ich will keine Schwierigkeiten haben, verstehst du!«

Nein, Hanna verstand kein Wort. Da schob sich Frau Peters an ihr vorbei in den Flur und schloss die Wohnungstür.

»Dein Vater hat bei uns angerufen«, flüsterte sie. »Er sagt, ihr sollt heute Abend unbedingt den Fernseher anschalten. Ich hoffe, dir ist klar, wie unmöglich die Situation für mich ist. Ich bin deine Klassenlehrerin. Ich kann dich doch nicht auffordern, Westfernsehen zu gucken! ZDF! Dein Vater hat einen Literaturpreis bekommen. Er gibt ein Interview oder so was ähnliches. Bitte sag deiner Mutter, sie soll dafür sorgen, dass solche Anrufe nicht wieder über unseren Anschluss kommen!«

Hanna vergaß, sich zu bedanken. Ihr schwirrte der Kopf. Die Mutter hatte Spätdienst, sie würde erst gegen elf nach Hause kommen. Vielleicht sollte Hanna im Krankenhaus anrufen und von Frau Peters' Besuch erzählen? Aber sie erinnerte sich, dass die Mutter behauptet hatte, die katholischen Ordensschwestern im Josefskrankenhaus wären zwar immer überaus freundlich, aber unerbittlich, wenn es um den Dienst am Kranken ging. Wahrscheinlich dürfte die Mutter nicht wegen einer Fernsehsendung eher nach Hause gehen.

Auf jeden Fall würde Hanna heute ihren Vater wiedersehen! Frau Peters hatte nichts über die Anfangszeit des Interviews gesagt. Oder doch? Hanna rannte in die Küche. Dort stand der Fernsehapparat seit ein paar Tagen – damit Hanna auch dann fernsehen konnte, wenn die Mutter am Nachmittag im Wohnzimmer schlafen wollte. Sie schaltete das ZDF ein und starrte wie hypnotisiert auf den Bildschirm, wo ein schnurrbärtiger Mann ein Rezept für Aprikosenkonfitüre erklärte. Sie war entschlossen, den Fernseher keine Sekunde mehr aus den Augen zu lassen.

Erst kurz vor Mitternacht kam die Mutter nach Hause und sie sah aus, als hätte sie geweint. Hanna beschloss sofort, ihr kein Wort über die Sendung zu sagen. Oder erst morgen, wenn sie sich beruhigt hätte.

Die Mutter ließ sich auf die Couch fallen und sagte: »Du kannst dir nicht vorstellen, was heute passiert ist. Du wirst mir kein Wort glauben!« Sie lachte und schluchzte gleichzeitig.

Hanna schnupperte: Die Mutter roch eindeutig nach Alkohol – genauso wie Peters an dem Tag, als sie ihn belauscht hatte!

»Du bist ja betrunken!«, sagte sie entsetzt.

»Bin ich nicht! Die Ordensschwestern haben mir Melissengeist eingeflößt, weil ich so aufgeregt war. Hanna, ich hab Papa gesehen!«

»Ach«, sagte Hanna.

»Nein! Nicht, was du denkst! Er ist nicht zurückgekommen! Ich hab ihn nur im Fernsehen gesehn. Eine Patientin hat mich darauf aufmerksam gemacht – sie hat die Vorschau gesehen und... Also, jedenfalls hat Schwester Felicitas meinen Dienst übernommen und ich konnte mir im Aufenthaltsraum die Sendung anschauen.«

Die Mutter verstummte. Dass Hanna nicht überrascht

war, entging ihr. Schließlich sagte sie den Satz, den Hanna in den letzten Wochen schon mindestens hundert Mal gehört hatte: Du bist alt genug. »Hanna, du bist alt genug, um die Wahrheit zu vertragen. Wir werden Papa nicht wiedersehen.«

Hanna zuckte zusammen. »Aber wieso denn«, schrie sie. »Er hat gesagt, wir sollen den Glauben nicht verlieren. Er kommt zurück, in eine reformierte, demokratische DDR!«

»Nein. Ich kenne ihn. Er war so verändert. Und wenn er erst mal in Amerika ist... Hanna! Wieso weißt du überhaupt – ? Hast du auch – ?!«

»Ja, ich hab's gesehen. Mama, bist du denn nicht glücklich, dass es ihm gut geht? Dass er ein Stipendium für Amerika hat? Für ein halbes Jahr! Und als er gesagt hat, dass er zurückkommt, hat er genau in die Kamera geguckt – als ob er uns anschauen wollte.«

Die Mutter zog eine spöttische Grimasse. »Und so salbungsvoll hat er gesprochen. Wie ein Pastor von der Kanzel.«

»Na und. Er ist eben jetzt ein Held.«

»Hanna! Meinst du das im Ernst?!«

Ja, das meinte Hanna im Ernst. »Er hat schließlich im Gefängnis gesessen für seine Überzeugung!«

Die Mutter nickte langsam. »Du hast Recht. Ich hab wahrscheinlich gedacht, er sitzt da mit Stoppelbart und hohlen Wangen und gebeugten Schultern. Aber er sah gut aus, er sah aus, als ob er schon gar nicht mehr hierher gehört, zu uns. Er war so weit weg, verstehst du. Und dann höre ich, dass er diesen Preis gekriegt hat und nach Amerika fährt. Und wir? Warum verlangt er von uns, dass wir hierbleiben? Warum sagt er nicht: Ich will jetzt meine Frau und meine Kinder bei mir haben, ihnen soll es auch gut gehen? Ich habe auch gelitten, verdammt noch mal, nicht nur mein Mann!«

Hanna schwieg bestürzt. Sie hatte sich gefreut, ihren Vater wiederzusehen. Aber es stimmte schon: Auch ihr war er fremd vorgekommen. Sie hatte gedacht: Das liegt daran, dass er aufgeregt ist, dass er auf diesem Talkshowsofa hockt und die Scheinwerfer ihn anleuchten.

Da saßen sie auf der Couch im Wohnzimmer in dem nachtstillen Haus und schwiegen miteinander wie zwei Frauen, die die gleichen Sorgen haben.

Er kommt zurück!, wollte Hanna sagen. Stattdessen hörte sie sich fragen: »Wie sollen wir das Tommi beibringen?«

Bald jedoch stellte sich heraus, dass man Tommi nichts beibringen musste. Er hatte in seinem Ferienlager ebenfalls die Talkshow gesehen. Mitten in der Nacht, als alle Kinder längst schliefen oder wenigstens so taten, als ob sie schliefen, war Tommi von seinem Gruppenleiter Jakob geweckt und in den Speiseraum gebracht worden. Dort hatte er sich zusammen mit einigen der jungen Erzieher die Sendung anschauen dürfen – dicht vor dem Apparat hockend, denn sie mussten den Ton sehr leise stellen, weil der Lagerleiter nebenan in seinem Zimmer nicht merken durfte, dass ein Westsender eingestellt war.

Im Gegensatz zu Hanna und seiner Mutter nahm Tommi alles, was der Vater gesagt hatte, ganz wörtlich, so als wäre jeder Satz unmittelbar an ihn gerichtet gewesen.

»Weißt du, was ich denke?«, sagte er zu Hanna. »Papa

hat alles ganz anders gesehen als wir. Als ob er eine schärfere Brille aufhatte. Deshalb konnte er auch dieses Buch schreiben. Und deshalb weiß er, dass er bald zurückkommen kann, weil sich hier einiges tut, wovon wir gar nichts ahnen. Kannste glauben.«

Verblüfft musterte Hanna ihren kleinen Bruder. »Wer hat dir denn diese Ideen in den Kopf gesetzt?«

»Das sind meine eigenen Ideen«, antwortete Tommi ernsthaft. »Und so denken noch 'ne Menge anderer Leute – nämlich alle, die kein Stroh im Kopf haben.«

»Zum Beispiel dieser Jakob?«, vermutete Hanna.

»Jaaa-wohl! Jakob ist klug, er hat sein Abitur mit lauter Einsen gemacht. Er ist übrigens ein Fan von Papas Buch. Und er hat mir beigebracht, dass man seine Zeit nicht verschenken darf. Nicht immer nur warten, dass was passiert. Selber was tun! Carpe diem, verstehst du?«

Carpe diem – das hatte Hanna schon mal gehört. Es gab ein Lied, das so hieß.

»Das ist lateinisch«, erklärte Tommi. »Es heißt: Nutze den Tag. Und daran halte ich mich jetzt. Schließlich bin ich der Sohn von Klaus Herold.«

Hanna verschluckte das Lachen, das in ihrer Kehle hochstieg, denn sie merkte, dass es Tommi ernst war mit dem, was er sagte. Tommi war auf eine merkwürdige Weise erwachsen geworden in den Wochen seiner Abwesenheit.

Und er besaß jetzt eine Gitarre.

Diese Gitarre, wie konnte es anders sein, war ein Abschiedsgeschenk von Jakob. Die Mutter hatte bei Tommis Rückkehr gesagt, das wäre bestimmt ein Missverständnis, er müsse das Instrument zurückgeben. Aber Tommi hatte triumphierend einen Bogen Papier aus seinem Koffer geholt. Die Mutter las den Zettel und reichte ihn kopfschüttelnd an Hanna weiter.

»Zertifikat!«, stand auf dem Zettel. »Hiermit bescheinigt Jakob Kruse, dass seine Gitarre, die er nicht mehr benötigt, in den Besitz von Thomas Herold übergeht. Einziger Grund: Freundschaft. Einzige Bedingung: Carpe diem!«

Tommi pinnte das Zertifikat an die Wand über seinem Bett. »Ich kann schon drei verschiedene Akkorde spielen. Jeden Tag werd ich üben, bestimmt!«

»Dein Jakob muss ja mächtig von Papa beeindruckt sein, wenn er dir gleich seine Gitarre schenkt!«, sagte Hanna spöttisch.

Tommi war nicht beleidigt. »Weißt du, warum er die Gitarre nicht mehr braucht? Weil er nach Ungarn fährt und von dort aus will er nach Westdeutschland.«

»Man kann nicht mehr nach Ungarn fahren«, sagte Hanna.

»Jakob schon. Er fährt in die Tschechoslowakei, und dann schwimmt er über die Donau. Er will Arzt werden. Aber er darf hier nicht studieren, weil er sich weigert, in die Armee zu gehen.«

»Das hat er alles erzählt? Dir? Der muss verrückt sein.«

»Nicht alles. Nur vom Medizinstudium. Das andere hab ich gehört, wenn er sich mit den Gruppenleitern unterhalten hat. Und den Rest hab ich mir zusammengereimt. Hanna, ich muss dir noch was erzählen. Aber du darfst mit niemandem drüber reden, auch nicht mit Peepee.«

Hanna schnaubte höhnisch durch die Nase. »Mit dem rede ich sowieso kein Wort mehr.«

»Auch nicht mit Mama! Schwöre!«

»Wenn's sein muss. Ich schwöre.«

»Ich schreibe ein Buch!«, sagte Tommi.

Hanna lachte. »Du bist 'n richtiges Wunderkind geworden, oder?«

»Du bist bloß neidisch, weil du nicht selber drauf gekommen bist! Ich schreibe alles auf, was hier passiert. Wie ein Schriftsteller, aber nur die Wahrheit – nix Ausgedachtes. Von dem Tag an, wo sie Papa verhaftet haben. Alles, was wir erleben. Und wenn Papa zurückkommt in unser verändertes Land, dann schenke ich es ihm. Weil er doch selber nicht dabei war. Und falls du es wissen willst: Das war nicht die Idee von Jakob, das hab ich mir ganz allein ausgedacht!«

»Mann, das find' ich wirklich klasse!«, sagte Hanna beeindruckt. »Und wenn du mir auch schwörst, niemandem was zu sagen, erzähle ich dir was von Danuta Sasse und von Hinky und Friedo. Das passt bestimmt in dein Buch.«

»Hinky und Friedo? Wer soll das sein?«

Hanna erzählte. Und Tommi schrieb.

Kurzschluß

Hanna und Tommi wollten gerade mit den Fahrrädern zur Kaufhalle fahren, als ein fremder Mann den Hof betrat.

»Suchen Sie jemanden?«, fragte Gutowski, der wie immer aus seinem Küchenfenster lehnte.

»Nein. Doch.« Der Mann blieb stehen.

»Na, was denn nun«, sagte Gutowski ungeduldig.

Mit einem spöttischen Lächeln fragte der Mann: »Sind Sie der Pförtner?«

Empört knallte Gutowski sein Fenster zu. Hanna und Tommi schauten sich an und grinsten.

Der Mann wandte sich zu ihnen um. »Wohnt hier eine Familie Herold?«

»Das sind wir«, antwortete Tommi. »Aber wir müssen jetzt weg.«

Der Mann sagte: »Ich muss eure Mutter sprechen.«

Hanna überlegte rasch. Den Gedanken, dass der Mann von der Stasi sein könnte, verwarf sie. Er war mindestens siebzig. Irgendwie krank sah er aus, sein Gesicht war teigig und blass und er lief, als ob ihm jeder Schritt Mühe bereitete. Trotz der Hitze trug er eine karierte Schirmmütze mit einer albernen roten Bommel.

»Mama ist nicht da«, sagte Tommi misstrauisch.

»Wann kommt sie denn?« Die Augen des Mannes huschten zu dem Parterrefenster, wo sich Gutowskis Gestalt hinter der Gardine abzeichnete. »Ich soll ihr etwas bringen. Es ist dringend.«

»Sie hat Spätschicht«, sagte Hanna. Sie lehnte ihr Fahrrad an den Kastanienbaum und ging ins Haus zurück. Der Mann folgte ihr. Kaum hatten sie den Hausflur betreten, drückte der Mann Hanna ein mit braunem Packpapier und Klebeband umwickeltes Päckchen in die Hand.

»Gib das deiner Mutter«, sagte er in eindringlichem Ton. »Auf keinen Fall jemand anderem, verstanden?! Und nicht aufmachen!«

Er drehte sich um und verließ das Haus, den Hof.

Tommi stieß die Haustür auf. Seine Stimme hallte laut

durch das Treppenhaus, als er fragte, was der Mann gebracht hätte. Hanna schloss die Wohnung auf und schob Tommi hinein. »Das hier hat er gebracht.«

Tommi betrachtete das Päckchen. Kein Name, keine Adresse. »Sieht aus wie 'ne Briefbombe«, sagte er.

»Das ist von Papa«, wusste Hanna plötzlich. Sie legte das Päckchen auf den Küchentisch. »Da sind Briefe drin!«

»Und wie kommt der Mann an Papas Briefe?«

»Weiß ich nicht«, sagte Hanna. »Er ist alt genug, um Rentner zu sein. Rentner dürfen in den Westen fahren. Er hat Papa in Westberlin kennengelernt, oder in Amerika. Oder jemand anderes hat das Päckchen über die Grenze gebracht und er ist nur der Bote. Das ist doch egal! Ich mache es jetzt auf.«

»Das darfst du nicht«, murmelte Tommi halbherzig und beugte sich weit über den Küchentisch, als Hanna das Klebeband löste.

In dem Päckchen war ein großer, zusammengeknickter Briefumschlag, den Hanna entschlossen aufriss. Und da lag plötzlich ein Packen Geldscheine auf dem Tisch.

»Westgeld«, rief Tommi begeistert.

»Psch!«, machte Hanna erschrocken und schloss das Küchenfenster. »Das muss nicht gleich das ganze Haus hören! – Ich hatte Recht. Das ist von Papa.«

Tommi schüttelte den Umschlag. Ein Brief fiel heraus. »Meine liebste Lisa«, las er.

Mit einem raschen Griff entwand Hanna ihm den Brief. Der Bogen riss in der Mitte durch.

»Blöde Kuh«, keifte Tommi. »Das ist Mamas Brief!«

»Und deshalb darfst du ihn nicht lesen!« schrie Hanna.

Aber da las sie selber schon, was auf der Hälfte des Briefes stand, die sie in der Hand hielt, und Tommi las schweigend die andere Hälfte. Als sie die beiden Teile tauschten, blickten sie einander kurz an, aber keiner sagte ein Wort. Nur ihre aufgeregten Atemzüge füllten die Küche. Der Brief war am Tage der Abreise nach Amerika geschrieben und das Geld war ein Teil der Summe, die der Vater mit seinem Literaturpreis bekommen hatte.

»Was machen wir jetzt?«, fragte Tommi. »Wir kleben den Brief wieder zusammen. Vielleicht merkt Mama nichts.«

»Quatsch«, sagte Hanna. Sie schob das Bündel Scheine und den zerrissenen Brief zurück in den Umschlag und verbarg ihn im untersten Fach des Küchenschrankes, hinter der Bratenpfanne. »Jetzt müssen wir einkaufen gehen, ehe die Kaufhalle zumacht. Auf dem Rückweg fahren wir zum Krankenhaus und reden mit Mama. Wir erzählen, was passiert ist. Erst wird sie schimpfen, aber dann wird sie sich freuen. Wetten?«

Die Mutter schärfte den Kindern ein, zu keinem Menschen ein Wort über das Geld zu sagen. Und natürlich durfte erst recht niemand erfahren, dass sie den größten Teil der Scheine im Krankenhaus in Ostgeld umtauschte, eins zu sieben. Das war streng verboten, aber auf diese Weise konnte sie die Schulden bezahlen, die sie nach der Sperrung ihres Kontos hatte machen müssen. Den Rest hob sie auf. Für den Ernstfall, sagte sie. Was sie damit meinte, verriet sie den Kindern nicht. Vielleicht bedeutete das nur, dass sie irgendeiner neuen Katastrophe nicht unvorbereitet und hilflos gegenüberstehen wollte. Jeder wusste, dass sich mit

Westgeld manche Tür öffnen ließ, die normalerweise verschlossen blieb. Aber vielleicht bedeutete das auch, dass sie insgeheim doch damit rechnete, eines Tages in den Westen zu ziehen.

Tommi beschrieb den Besuch des Fremden mit der Bommelmütze in seinem Tagebuch. »Hanna, wie schreibt man Existenz?«, fragte er. »Hinten mit S? Hanna!«

Hanna schaute nicht von ihrem Buch auf. »Lass mich in Ruhe lesen!«, knurrte sie. »Weißt du nicht, wie man den Duden benutzt?«

»Haahaa!«, sagte Tommi aufgebracht. »Der Duden ist in Papas Zimmer!«

»Kann ich auch nicht ändern!«, sagte Hanna.

Wütend warf Tommi seinen Stift hin und schaltete den Fernseher an. In derselben Sekunde knallte die Sicherung durch und die Wohnung fiel in tiefstes Dunkel.

Fluchend wand sich Hanna aus ihrer Sofaecke und tappte in den Korridor, zum Sicherungskasten. Sie wechselte die Sicherung aus, aber die Wohnung blieb finster.

»Du Blödmann!« schimpfte sie. »Wie soll ich jetzt das Buch zu Ende lesen – ich muss es morgen in die Bibliothek zurückbringen!«

»Ich hab gar nichts gemacht«, jammerte Tommi.

Hanna zündete die Kerzen im Leuchter an. Was nun? Uwe hätte sicher helfen können, aber Lombachs waren noch in Bulgarien.

»Ich frage Peepees Vater«, beschloss Hanna.

Im Treppenhaus traf sie auf Frau Gutowski. »Kein Licht!«, schimpfte die alte Frau. »Stromsperre, wie im Krieg! Zustände sind das!«

Das gesamte Haus hatte keinen Strom. Frau Peters erschien oben an der Treppe und verkündete, sie hätte mit dem Havariedienst telefoniert. Nach mehreren Stunden, die Mutter war längst von ihrer Spätschicht nach Hause gekommen, erschien ein Elektriker, der sich lange im Keller an der Hauptsicherung zu schaffen machte. Kurz vor Mitternacht funktionierte die Stromversorgung im Haus wieder – überall, nur in Herolds Wohnung nicht. Der Elektriker packte sein Werkzeug ein und meinte, seine Aufgabe sei die Reparatur des Hausanschlusses gewesen. »Ich kann doch nicht um diese Uhrzeit in Ihrer Wohnung einen Kurzschluss suchen! Wenden Sie sich an die Hausverwaltung.«

»Aber morgen ist Samstag!«, bettelte die Mutter. »Die Hausverwaltung hat erst am Dienstag Sprechstunde!«

»Seien Sie froh, dass ich den Anschluß repariert habe, mitten in der Nacht!«, sagte der Handwerker unfreundlich und stieg in seinen Trabbi.

Aber am Samstagvormittag, die Mutter schlief noch, klingelte schon Herr Peters an Herolds Wohnungstür. »Ich bin gerade aus Ungarn zurückgekommen«, sagte er und stellte seinen Werkzeugkoffer ab. »Unglaublich, was sich dort abspielt! Die Grenze nach Österreich wird nicht mehr bewacht, und die DDR-Touristen kriechen nachts durch die Maisfelder auf die andere Seite, zu Hunderten!«

Er klappte die mitgebrachte Trittleiter auf, befahl Tommi, die Taschenlampe zu halten, und begann systematisch die Leitungen und Anschlüsse in der Wohnung zu prüfen. Stumm beobachtete Hanna ihn bei der Arbeit. Sie verbot sich die Frage, ob Peepee mit ihm zurückgekehrt wäre. Das würde sie noch früh genug erfahren.

»Na also!«, rief Peters erfreut und streckte den Geschwistern eine verschmorte Verteilerdose entgegen. »Das haben wir gleich!«

Als das Licht anging, sah Hanna die zerrissenen Siegel an Vaters Zimmertür. »Tommi!«, rief sie erschrocken. »Was hast du gemacht?!«

Die Mutter kam aus dem Badezimmer und bedankte sich bei Peters. »Mach' ich doch gerne«, sagte er und packte sein Werkzeug ein.

»Tommi war in Papas Zimmer!«, sagte Hanna aufgeregt.

In ungläubigem Entsetzen starrte die Mutter die Siegelmarken an.

»Petze!«, zischte Tommi. »Ich hab den Duden gebraucht, deshalb!«

Kaum hatte Peters die Wohnung verlassen, schlug die Mutter Tommi mit der flachen Hand ins Gesicht. Ob er verrückt geworden sei, schrie sie. Ob sie nicht schon genug Probleme hätten, ob sie vielleicht alle zusammen ins Gefängnis wandern wollten. Und was sie der Stasi sagen sollte, wenn die das zerrissene Siegel zu sehen bekäme.

Tommi heulte und hielt sich die Backe.

»Vielleicht kommen sie nie wieder«, hoffte Hanna. »Sie waren so lange nicht mehr hier. Und jetzt, wo Papa in Amerika ist...«

»Wir werden gewaltigen Ärger kriegen«, sagte die Mutter. »Ich hätte nicht gedacht, dass ihr so unvernünftig seid. Ihr setzt unsere Existenz aufs Spiel, ist euch das klar??«

»Existenz wird doch mit Z geschrieben«, schluchzte Tommi. »Ich hab im Duden nachgeguckt!«

Ende des Sommers

Innerhalb weniger Tage kamen sie alle zurück.

Endlich kehrte die Großmutter heim nach Berlin, in ihre Wohnung in der Gneiststraße. Länger als ein Vierteljahr war sie im Sanatorium auf der Krim gewesen. Hanna hatte auf die Rückkehr der Großmutter gehofft wie auf eine Medizin, die alle seit der Verhaftung des Vaters entstandenen Wunden heilen könnte.

Die Mutter telefonierte während ihrer Mittagspause im Krankenhaus mit der Großmutter. Danach erklärte sie den Kindern, sie würde allein nach Berlin fahren. Sie brach an ihrem freien Tag morgens auf und wollte bis zum Abend bleiben, kam aber schon am frühen Nachmittag wieder.

»Es hat keinen Sinn«, sagte sie zu Hanna. »Die Oma versteht das alles nicht. Sie glaubt allen Ernstes, dein Vater muss etwas verbrochen haben, sonst wäre er nicht im Gefängnis gelandet. Man kann nicht mit ihr reden.«

Das wollte Hanna nicht glauben. Sie beschloss, selber zur Großmutter zu fahren und mit ihr zu sprechen. Die Mutter brauchte davon gar nichts zu erfahren. Doch es blieb bei diesem Vorsatz. Die letzten anderthalb Ferienwochen gingen so schnell vorbei, als würde die Uhr mit doppelter Geschwindigkeit laufen. Schuld daran war das Fernsehen – oder vielmehr das, worüber das Fernsehen berichtete. So viele Stunden hatte Hanna früher nie vor dem Fernseher verbracht. Obwohl das hochsommerliche Wetter eher dazu verlockte, jede Stunde der bis zum Schulbeginn verbleibenden Gnadenfrist am Badestrand zu verbringen, übten die Nachrichtensendungen eine beinahe magische Anziehungskraft aus. Schon am Nachmittag hockte Hanna vor dem Apparat und verglich die West-Nachrichten über die Massenflucht junger Leute aus der DDR mit den kargen Informationsbrocken des Ost-Programms. Abends saugte sie die ZDF-Kommentare und die Sondersendungen der ARD in sich hinein, die Berichte über die Verhaftung von Bürgerrechtlern, über die Anzeichen des bevorstehenden Zusammenbruchs der Planwirtschaft. Jede Äußerung des Präsidenten Gorbatschow über die Umgestaltung des Sozialismus in der Sowjetunion nahm Hanna als ein Krümelchen Hoffnung dafür, dass auch in der DDR bald andere Verhältnisse entstehen würden.

Was sie mit der Formel »andere Verhältnisse« meinte, hätte sie selbst nicht erklären können. Jedenfalls würde etwas Schöneres, Freieres, Offeneres entstehen – das, wofür der Vater seine Freiheit riskiert, der Opa sein Leben geopfert und die Oma jahrzehntelang gekämpft hatte. Eine Gesellschaft, in der alle frei und gleichberechtigt und ohne Angst miteinander leben würden.

Und jeden Morgen, noch vor dem Frühstück, schaltete Hanna gierig alle Programme durch, um zu sehen, ob sich in der Nacht irgendetwas Wichtiges, Neues, vielleicht das ganze Leben Veränderndes ereignet hätte.

Danuta Sasse kam aus der Klinik zurück. Ein Krankenwagen hielt unter dem Kastanienbaum und in einem Tragestuhl wurde Danuta herausgehoben. Dünn und klein, trotz der Hitze in eine Decke gewickelt, mit geschlossenen

Augen – so kehrte sie heim in die Zeppelinstraße. Sie sah aus, als wäre sie zusammengeschrumpft. Sogar ihre roten Haare schienen an Farbe verloren zu haben.

»Hoffentlich wird sie überhaupt wieder gesund«, sagte Tommi. »Sven aus unserer Klasse hat nämlich behauptet, von Hirnhautentzündung wird man blöd.«

»Wird man nicht«, widersprach Hanna entschieden, obwohl sie keineswegs sicher war.

Aber in diesem Augenblick wurde ihre Aufmerksamkeit von Danuta abgelenkt. Über den Hof kam, mitten in der Frühschicht, die Mutter. Und an ihrer Seite ging der Mann, der Ilja Lindner hieß und Offizier der Staatssicherheit war. Auch Tommi hatte ihn sofort erkannt. Wie erstarrt standen die Geschwister am Fenster, bis sie den Wohnungsschlüssel im Schloss hörten. Zögernd gingen sie in den Korridor.

Lindner stand vor dem Arbeitszimmer und musterte das zerstörte Siegel. Tommi hielt den Atem an, als der Offizier die Mutter mit leiser, drohender Stimme fragte, was das zu bedeuten habe.

»Was meinen Sie?«, fragte die Mutter kühl. »Das Siegel hat Ihr Mitarbeiter zerrissen.«

Verblüfft wandte sich Lindner um. »Welcher Mitarbeiter?«

Die Mutter zuckte mit der Schulter. »Das müssen Sie doch wissen. Es war nur einer hier, ein Oberleutnant, wenn ich mich nicht irre. Er hat mir seinen Ausweis vor die Nase gehalten und sich im Zimmer umgesehen, dann hat er ein Dutzend Bücher eingepackt und die Leselampe, die mein Mann aus dem Westen mitgebracht hat.«

Lindner schwieg ein paar endlose Sekunden lang. Endlich sagte er: »Von einer solchen Beschlagnahme ist mir nichts bekannt. Ich werde den Vorgang überprüfen.«

»Das hoffe ich«, sagte die Mutter. »Und da das Zimmer nicht wieder versiegelt wurde, gehe ich davon aus, dass wir es benutzen können.«

»Auf keinen Fall!«, rief Lindner. »Allerdings kann ich das Siegel nicht sofort wieder anbringen. Aber... « Wieder verstummte er, dann wandte er sich abrupt zum Gehen, um im gleichen Augenblick ebenso unvermittelt wieder umzukehren. »Hören Sie, Frau Herold«, sagte er leise. »Da Ihr Mann sich jetzt in Amerika aufhält... Also, ich sehe keinen Grund, Ihnen das Betreten des Arbeitsraumes weiterhin zu untersagen. Wir einigen uns darauf, dass ich mit dem heutigen Datum die Tür entsiegelt habe, ich werde darüber ein Protokoll anfertigen. Das tue ich aus Hochachtung für den Schriftsteller Klaus Herold. Sie werden mein Entgegenkommen sicher nicht vergessen.«

Er verließ die Wohnung.

»Juhu!«, schrie Tommi erleichtert und hopste im Flur herum. »Das war echt cool, Mama! Wie du den Typen gelinkt hast!«

Die Mutter sagte: »Habt ihr das gemerkt? Der hat Angst! Nicht zu fassen!! Und ich dachte, der will mich verhaften... Aber der ist wegen dem kaputten Siegel gekommen. Ich kann mir nicht erklären, woher er das gewusst hat!«

Eine Gänsehaut lief plötzlich über Hannas Arme. »Peters«, sagte sie. Und sie erzählte, wie sie im Kastanienbaum gesessen und Peepees Eltern belauscht hatte. Wofür hab ich eigentlich unterschrieben, hatte Peters gesagt. Peepees Vater war ein Stasi-Spitzel.

»Eines Tages«, sagte die Mutter, »eines Tages wird er dafür bezahlen, bestimmt. Aber was geht uns Peters an. Wir haben endlich Papas Zimmer wieder!«

Das Zimmer wurde eingeweiht an einem der nächsten Abende – mit Lombachs, die endlich von ihrer Bulgarienreise zurückgekehrt waren. Hanna hatte die Zwillinge sehr vermisst und genoss die Tatsache, dass sie wieder alle um einen Tisch herumsaßen. Der große Tisch im Arbeitszimmer, auf dem früher der Kopierer gestanden hatte, war beladen mit Rotwein und Cola, Kerzen, Blumen und einer riesigen Platte voller Pizzastücke. Zwei Bleche hatte die Mutter gebacken, das Rezept hatte sie von einer Ordensschwester aus dem Krankenhaus bekommen.

Pauline und Tommi verschwanden nach dem Essen im Wohnzimmer, um vor dem Schlafengehen noch eine Runde Memory zu spielen. Hanna und die Zwillinge durften bei den Erwachsenen sitzen und aufbleiben, so lange sie wollten. Aber Hanna wartete auf eine Gelegenheit, mit Katja und Olli allein zu sprechen, denn sie wollte ihnen endlich von Hinkys Verschwinden erzählen.

Stattdessen hörte sie sich Lombachs ausführlichen Bericht über ihre Bekanntschaft mit einer Familie aus Bayern an. Die Eglbergers hatten im gleichen Hotel gewohnt, sie hatten sich aber immer nur am Strand getroffen, weil die Westdeutschen in einem anderen Speisesaal verpflegt wurden, wo es natürlich viel besseres Essen gab. Uwe erzählte das ohne Groll, eher mit einem Augenzwinkern. Schließlich brachten Leute wie die Eglbergers Devisen ins Land und das war in Bulgarien wie in der DDR ein Grund für bessere

Behandlung. Die neuen Freunde hatten bedauert, Lombachs nicht nach Bayern einladen zu können.

»Wirklich nette Leute«, sagte Renate. »Die Kinder haben sich auch gut vertragen.«

Olli verdrehte die Augen und wies hinter dem Rücken seiner Eltern nachdrücklich mit dem Zeigefinger auf Katja. Hanna hob fragend die Schultern. »Später«, signalisierte ihr Olli über den Tisch hinweg.

»Schade, dass wir euch noch keine Fotos zeigen können«, sagte Uwe.

Daraufhin entstand ein kurzes verlegenes Schweigen. In den vergangenen Jahren hatte Lisa immer Lombachs Urlaubsfilme entwickelt, denn im Fotogeschäft hätten sie mehrere Wochen auf ihre Bilder warten müssen. Doch in diesem Jahr besaß Lisa kein Fotolabor mehr.

»An deiner Stelle, Lisa«, sagte Renate unvermittelt, »an deiner Stelle wäre ich mit den Kindern nach Ungarn gefahren.«

Hanna zuckte zusammen und warf der Mutter einen misstrauischen Blick zu. Hatte die Mutter etwa ihre Meinung geändert, wollte sie doch die DDR verlassen?

Aber die Mutter lachte nur. »Mein amerikanischer Mann möchte, dass wir hier ausharren. Irgendwas wird hier passieren – bloß was? Entweder sie machen es wie in China und schießen uns alle zusammen, oder sie gucken zu, wie ihnen die halbe Bevölkerung wegläuft – und wer hier bleibt, kriegt 'ne Prämie.« Sie trank ihr Glas leer und schenkte allen nach. »Woher soll ich wissen, was Klaus denkt, hofft, glaubt? Ich weiß ja nicht mal, was ich selber glaube.«

Uwe öffnete eine neue Weinflasche.

»Trotzdem«, beharrte Renate. »Wenn ich du wäre...«

»Warum bist du dann noch hier?«, fragte Lisa aggressiv. »Du hättest auf der Rückfahrt bloß in Ungarn aus dem Zug steigen müssen. Und dann mit den Kindern über die grüne Grenze!«

»He, Mädels«, sagte Uwe. »Bleibt ruhig und redet keinen Stuss!«

Renate ließ sich nicht ablenken. »Du hättest es geschafft, du hast nur zwei Kinder, Lisa. Ich hab vier.«

Die Mutter grinste Uwe an. »Gib deiner Frau keinen Rotwein mehr. Sie kann nicht mehr bis drei zählen.«

Uwe lächelte zurück und sagte: »Doch, kann sie.«

Lisa Herold starrte Renate mit offenem Mund an. »Heißt das etwa...?«

Renate nickte. »Ich bin schwanger«, sagte sie. »Der Frühling ist 'ne schöne Zeit, um ein Kind zu kriegen. Was sollen wir im Westen, 'ne Arbeiterfamilie mit vier Kindern. Nee, ich hab nur gemeint, wenn mein Mann drüben wäre...«

»Dann gibt es in unserem Haus bald zwei Babys!«, sagte Hanna. Kaum hatte sie diesen Satz ausgesprochen, wurde ihr bewusst, dass sie Frau Aveling sehr lange nicht gesehen hatte. Wochenlang nicht. »Wo ist eigentlich Frau Aveling?«, fragte sie und sie fürchtete sich vor der Antwort, weil sie an den versteckten Koffer dachte und an Frau Avelings offene Art, über die Verhältnisse in der DDR zu reden. War sie etwa auch verhaftet worden, ebenso unbemerkt wie Hinky?

Die Mutter antwortete: »Sie ist zur Kur gefahren, in ein Erholungsheim für schwangere Frauen.«

In diesem Augenblick hörten sie draußen im Treppenhaus einen lauten Krach, etwas polterte die Stufen herunter und gleich darauf brüllte jemand Schimpfworte.

»Das kann nur Sasse sein«, vermutete Uwe.

Da hörten sie auch schon eine Frau schreien. Die Erwachsenen rannten in den Korridor, Renate riss die Wohnungstür auf. Natürlich standen Gutowskis schon draußen auf der Treppe. »Polnische Wirtschaft!«, zischte Herr Gutowski.

Von oben flog Frau Sasses Schreibmaschine die Treppe herunter. Scheppernd hüpfte sie von Stufe zu Stufe. Frau Sasse weinte laut.

»Ich gehe hoch!«, sagte Uwe empört.

Aber da ging oben in der zweiten Etage die Wohnungstür auf und die befehlsgewohnte Stimme von Peepees Vater füllte das Treppenhaus. Herr Peters forderte Ruhe und drohte mit Polizei und Ausnüchterungszelle.

»Das ist doch kein Leben mehr, das müssen Sie zugeben!«, schrie Sasse zurück. »In dem einen Zimmer hockt die Frau und tippt den ganzen Abend, in dem anderen Zimmer liegt das Kind und was ist mit mir? Ich will so nicht leben!«

»Das ist Ihr Problem«, sagte Peters. »Damit können Sie nicht die Hausgemeinschaft belästigen. Manche Familien wohnen noch viel schlechter als Sie!«

Sasse schlug ein höhnisches Gelächter an. »Das müssen Sie gerade sagen! Sie haben die ganze Etage für sich allein, mit drei Personen! Wieso eigentlich?!«

Peters sagte: »Wenn Sie es hier nicht mehr aushalten, dann hauen Sie doch mit Ihrer Familie ab nach Polen! Dort fällt es nicht so auf, wenn Sie jeden Tag besoffen sind. Und jetzt räumen Sie Ihr Gerümpel von der Treppe und geben

Sie Ruhe, sonst rufe ich morgen früh Ihre Dienststelle an.«

Sasse gehorchte.

Seine Frau sagte zu Peters: »Bei uns zu Hause gibt es nicht nur Schmutz und Trunkenbolde. Polen ist ein schönes Land, genauso schön wie Deutschland.«

»Dann gehen Sie am besten wieder nach Hause in Ihr schönes Polen!«, wiederholte Peters. »Und Ihren Mann nehmen Sie mit!«

Betreten kehrten Lombachs und Herolds in die Wohnung zurück.

»Der hat doch nicht alle Tassen im Schrank«, murmelte Uwe.

Lisa fragte: »Welchen von den beiden meinst du denn?«

Hanna nutzte die Gelegenheit, die Zwillinge ins Kinderzimmer zu schieben. Endlich konnte sie von ihrem Besuch in Hinkys verlassener Werkstatt erzählen und von den Flugblättern. Aber nur Olli machte sich Gedanken darüber, was mit Hinky geschehen sein mochte, wo er wäre, wie es ihm ginge. Katjas Gedanken waren von etwas ganz anderem erfüllt, nämlich von Bastian Eglberger, dem siebzehnjährigen Sohn von Lombachs Urlaubsfreunden.

»Die Kinder haben sich nämlich auch gut vertragen!«, wiederholte Olli spöttisch den Satz, den seine Mutter vorhin gesagt hatte.

»Er sieht einfach toll aus«, schwärmte Katja, »und er weiß, wo 's langgeht.«

»Wie meinst du denn das?«, fragte Hanna.

Katja sagte.»Er ist eben schon erwachsen. Wir wollen uns schreiben und nächstes Jahr treffen wir uns in Prag.«

»Ihr beide allein?? Was sagen denn deine Eltern dazu?«

»Das lass mal meine Sorge sein«, sagte Katja. »Auf jeden Fall kannste Peepee zurückhaben, der ist sowieso nur 'n Babyzwerg gegen Bastian.«

»Peepee ist für mich schon längst gestorben«, sagte Hanna. Mit halbherzigem Interesse hörte sie zu, als Katja begann, eine endlose Geschichte von Sonnenstrand, Palmen und Liebesschwüren zu erzählen. Sie dachte darüber nach, wie sie es anstellen könnte, Peepee nie wieder zu begegnen. Am liebsten wäre es ihr gewesen, wenn er bei seiner Grabung von einem Erdrutsch verschüttet worden wäre. Oder er wäre tatsächlich nach Österreich abgehauen. Plötzlich kam ihr der Gedanke, dass sie eigentlich auf Katja böse sein müsste. Schließlich war sie auch an dem Verrat beteiligt gewesen, auf dem fremden Schulhof, unter der Weide. Mit einem Schulterzucken tat Hanna diesen Zweifel ab. Sie war in Peepee verliebt gewesen – ein Irrtum, wenn es auch weh tat. Aber Katja war ihre beste, ihre älteste Freundin. Sie wussten alles voneinander. Katja hatte ihr erzählt, dass sie mit Peepee geschlafen hatte. Peepee hatte geschwiegen.

Draußen vor dem dunklen Fenster prasselten reife Kastanien vom Baum und zerplatzten auf den Hofsteinen. Der Sommer war vorbei.

Die Prüfung

Der erste Schultag begann mit einer Überraschung. Beim Fahnenappell stand an Direktor Knechts Stelle ein fremder Mann an der Kopfseite des Karrees. Er stellte sich vor: Krabowski hieß er, war Mitarbeiter bei der Bezirksleitung der

SED, und von heute an leitete er ihre Schule als kommissarischer Direktor. Denn Knecht war bei dem Versuch, die Republik von seinem Urlaubsort in Jugoslawien aus illegal zu verlassen, verhaftet worden.

Ein Raunen ging durch die Klassen.

»Ruhe!«, rief Krabowski. »Ich verspreche euch, dass es an dieser Schule keine ideologischen Unklarheiten mehr geben wird. Ich erwarte, dass ihr das Verhalten des Herrn Knecht verurteilt, und dass ihr euch mit allen politischen Fragen vertrauensvoll an mich wendet. Pioniere und FDJler, Aaaach-tung!!! Riiiiiicht euch!!! Stillgestanden! Für Frieden und Sozialismus – seid bereit!«

»Was ist das denn für einer?«, fragte Olli flüsternd, als er neben Hanna in die Klasse ging. »Will der aus unserer Schule 'ne Kaserne machen?«

»Wie findest du das, mit Knecht?!«, flüsterte Hanna zurück. »Ist das nicht irre??«

Unterdrückt kichernd stellten sie sich vor, wie Knecht nachts, im Mondschein, an die Grenze gekommen wäre und den jugoslawischen Posten gefragt hätte: Verzeihung, geht's hier nach Österreich? Oder vielleicht hatte er versucht, auf einem selbst gebauten Floß über die Adria nach Italien zu paddeln und war halb verdurstet von der jugoslawischen Volksmarine gerettet und ins Untersuchungsgefängnis gebracht worden.

Der neue Direktor ließ keinen Zweifel aufkommen, dass er alles daran setzen würde, den Makel, der mit Knechts Republikflucht auf die Schule gefallen war, durch besonderen Eifer in der staatsbürgerlichen Erziehung der ihm anvertrauten Schüler zu tilgen. Als geeignetes Mittel dazu erschienen ihm die Vorbereitungen für den Staatsfeiertag am 7. Oktober – an dem Tag wurde die DDR vierzig Jahre alt. Aus diesem Anlass musste jede Klasse eine Selbstverpflichtung verfassen. Außerdem wurden Wandzeitungen und Spruchbänder angefertigt. Die Verantwortung für diese Arbeit bekam Herr Kuss aufgeladen. Kuss unterrichtete seit dem Schuljahresbeginn Zeichnen und Deutsch – an Stelle von Frau Müller-Brüning, die nach den Ferien nicht wieder in der Schule erschienen war. Da über ihr Verschwinden kein einziges Wort verloren wurde, nahmen die Schüler stillschweigend an, dass Frau Müller-Brüning ebenfalls das Land verlassen hatte – mit mehr Glück als Direktor Knecht.

Die gesamte erste Schulwoche über bereitete sich Hannas Klasse auf die Prüfung zur Aufnahme in die FDJ vor. Jeder Schüler der achten Klassen bekam ein Heft mit Fragen und Antworten, die auswendig zu lernen waren. Die Prüfung erfolgte am Montag vor dem 7. Oktober und sie wurde von allen Beteiligten als Formalität aufgefasst, denn noch nie war es vorgekommen, dass jemand nicht in die FDJ aufgenommen worden war. Die Kandidaten mussten das Prüfungszimmer in alphabetischer Reihenfolge betreten. Jedem wurden drei Fragen gestellt und nach den Antworten bekam der Prüfling den bereits vorbereiteten Mitgliedsausweis überreicht.

Hanna betrat das Zimmer. An dem mit einem Fahnentuch bedeckten Tisch saß die Prüfungskommission. Sie bestand aus Direktor Krabowski, der Klassenleiterin Frau Peters und dem Vertreter der FDJ-Leitung der Schule. Dieser Vertreter war Peepee und das hatte Hanna vorher nicht gewusst. Ehe sie sich von ihrem Schrecken erholt hatte, fragte

Krabowski schon, ob Hanna etwas über die Notwendigkeit des im Jahre 1961 errichteten antifaschistischen Schutzwalls sagen könne.

Hanna dachte: Die Frage über die Mauer hat er extra für mich aufgehoben, weil er ganz genau weiß, dass mein Vater in den Westen abgeschoben wurde. Und dass wir uns wegen der Mauer nicht wiedersehen können.

Ehe sie aber die vorgeschriebene Antwort aufsagen konnte, hörte sie Peepee fragen: »Wissen Sie denn überhaupt, wer Hannas Vater ist? Und warum er nicht mehr in der DDR lebt?«

»Natürlich weiß ich, wer Hannas Vater ist«, antwortete Krabowski. »Und ich weiß auch, dass sich niemand seinen Vater aussuchen kann. Aber das hier ist eine Prüfung und keine Plauderei. Also?«

Hanna schwieg. In ihrem Kopf fuhren die Gedanken und Gefühle Achterbahn. Sie wusste nur eins ganz genau: Sie würde diesem Mann nicht antworten.

Frau Peters meinte: »Vielleicht stellen wir Hanna doch lieber eine andere Frage.«

»Ich finde schon«, entgegnete Krabowksi, »dass ein FDJ-Mitglied eine Meinung haben muss zu den Grenzsicherungsmaßnahmen der Regierung unseres Landes.«

Zwischen Peepees Augenbrauen entstand eine tiefe Falte. Er sagte: »Und ich finde, in einer Prüfung müssen Fakten abgefragt werden, nicht Meinungen.«

Das Fahnentuch hing bis zum Boden, trotzdem bemerkte Hanna, dass Frau Peters ihrem Sohn unter dem Tisch einen kräftigen Fußtritt gab.

Krabowski schrieb etwas in sein Notizbuch. Dann hob er

den Kopf und sagte: »Wenn du die Prüfungsfrage nicht beantwortest, kannst du nicht Mitglied der FDJ werden.«

»Ja«, sagte Hanna. »Das kann ich dann wohl nicht.«

Krabowski lief rot an. »Bist du nicht Klassenbeste? Willst du nicht zur Oberschule gehen und Abitur machen?«

Hanna antwortete nicht. Sie zitterte und hatte Angst, aber sie war entschlossen, dieses Spiel nicht mitzuspielen, sondern die Prüfung auf ihre Weise zu bestehen.

Peepee sagte leise: »Das ist Erpressung. Muss die FDJ auf diese Weise ihre Mitglieder rekrutieren?« Er stand auf und ging um den Tisch herum.

»Peter!«, rief seine Mutter entsetzt.

Aber Peepee fasste Hanna bei der Hand und zog sie aus dem Zimmer. Er ging mit ihr durch die Gruppe der wartenden Prüfungskandidaten und die Treppe hinunter.

Olli lief ihnen nach. »He, was ist?«

Hanna entwand Peepee ihre Hand. Sie rannte aus dem Schulhaus und die Straße entlang bis zur Ecke, dort blieb sie tief atmend stehen. Überrascht stellte sie fest, dass sie keine Angst mehr hatte, und dass ihr egal war, was Krabowski jetzt tun würde. Sie schlenderte heimwärts, die Sonne schien und sie sah vor der Kaufhalle eine Menschenschlange stehen. Ihr fiel ein, dass es in diesem Jahr noch keine Weintrauben gegeben hatte, sie wollte sich anstellen und welche kaufen. Die Weintraubenlieferung war immer so etwas wie ein Zeichen für den Herbstbeginn, genauso wie der Verkauf von spanischen Apfelsinen am Nikolaustag jenseits aller Kalenderbehauptungen das Zeichen für den Winteranfang darstellte.

An dem Stand vor der Kaufhalle wurden aber keine

Trauben, sondern Kokosnüsse verkauft. Hanna konnte sich nicht erinnern, dass es jemals Kokosnüsse in Potsdam gegeben hätte. Der Vater hatte manchmal eine aus Berlin mitgebracht. Hanna zog eine Grimasse: Zwar hatten ganze Scharen von DDR-Bürgern das Land fluchtartig verlassen, aber diejenigen, die hiergeblieben waren, durften Kokosnüsse essen und sich auf den Jahrestag vorbereiten. Alles war also in bester Ordnung. Sie stellte sich in die Schlange und wartete geduldig, bis sie an der Reihe war. Dann ging sie heim, in jeder Hand eine struppige, braune Kokosnuss und im Herzen eine seltsame Heiterkeit.

Am nächsten Tag hörten sie in den Nachrichten, dass die Grenze zur Tschechoslowakei geschlossen worden war. Nun konnte niemand mehr die DDR verlassen.

In der großen Pause drängten sich die älteren Schüler vor der Wandzeitung in der Eingangshalle. Wandzeitungen waren noch nie ein Gegenstand besonderen Interesses gewesen. Neugierig schob sich Hanna durch die Umstehenden, bis sie dicht vor dem mit rotem Tuch bespannten Anschlagbrett stand. An der Wandzeitung hing mitten zwischen den Selbstverpflichtungen zum Jahrestag der DDR ein maschinengeschriebenes Blatt Papier.

»Warum haben so viele junge Leute unser Land verlassen?«, las Hanna. »Warum dürfen wir nicht mehr nach Ungarn und in die Tschechoslowakei fahren? Warum ist der Satz ›Von der Sowjetunion lernen heißt siegen lernen‹ neuerdings verboten? Warum wird unsere Schule von einem Direktor geleitet, der keine einzige Unterrichtsstunde gibt?«

Hanna konnte nicht zu Ende lesen. Das Gemurmel der

Schüler war plötzlich verstummt, denn Krabowski näherte sich mit energischen Schritten. Er trat durch das Spalier der Schüler bis vor die Wandzeitung und warf einen Blick auf das Blatt. Sein Gesicht nahm eine violette Färbung an. »Wer hat dieses Geschmiere verfasst?«, schrie er unbeherrscht. Er streckte seine Hand aus, um das Papier abzureißen, aber dann fasste er sich plötzlich an die Brust, sog mit einem pfeifenden Geräusch den Atem ein und fiel zu Boden.

Eine Viertelstunde später lag Krabowski in einem Rettungswagen, der mit heulender Sirene vom Schulhof brauste.

3. Das große Fest

Großmutters Haus

»Es lebe der vierzigste Jahrestag unser' sossalischen Deutschen ›kratschen ‹plik!«, rief der greise Staats- und Partei-
chef Erich Honecker mit überkippender Stimme. Und die
hunderttausend Fackelträger in ihren blauen FDJ-Hemden
schrien: »Hurrahurrahurra!«

Die Mutter schaltete den Fernseher aus. »Wenn wir nicht
endlich losfahren, können wir gleich zu Hause bleiben.«

Tommi maulte. Er wollte den Fackelzug von gestern
Abend wenigstens sehen, wenn er schon nicht in Berlin
mitmarschieren konnte.

»Warum durften eigentlich nur FDJler mit? Und keine
Pioniere?«

»Weil Junge Pioniere nachts ins Bett gehören«, sagte Hanna.

»Ich wollte aber so gerne Gorbatschow sehen!«

»Vielleicht sehen wir ihn heute.« Hanna schob Tommi in
den Flur. »Und dann fotografiert ihn Mama für dich.«

Die Fahrt zur Großmutter dauerte fast drei Stunden. Vom
Potsdamer Hauptbahnhof mussten sie mit dem Vorortzug
fahren, der in großem Bogen Westberlin umrundete und
deshalb Sputnik genannt wurde. Am Flughafen Schönefeld
stiegen sie in die S-Bahn um. Normalerweise fuhren sie bis
zur Schönhauser Allee und hatten dann nur noch zehn Minuten bis zu Großmutters Wohnung in der Gneiststraße zu
laufen.

Aber heute, am 7. Oktober, wollten sie erst ins Stadtzentrum, um für kurze Zeit ins Volksfestgewühl einzutauchen. Tommi wünschte sich einen Schnappschuss von Gorbatschow für sein Tagebuch. Und Hanna hoffte, dass die Mutter ein bisschen Geld übrig hätte, um Bratwurst und Eis zu spendieren.

Doch als sie am Alexanderplatz aus dem Bahnhof kamen, sahen sie gleich, dass kein Durchkommen zur Karl-Marx-Allee sein würde. Auf dem Platz herrschte ein unheimliches Gedränge. Wie eine grüne Hecke umrahmten unzählige Polizisten die Menge. Die Geschwister schoben sich mit der Mutter langsam bis zum großen Brunnen vor. Da drang von der Weltzeituhr plötzlich ein vielstimmiges, schrilles Pfeifen herüber.

»Warum pfeifen die denn?«, fragte Tommi und reckte den Hals.

Ein junger Mann wandte sich zu ihm um: »Das ist eine Form von Protest! Wir treffen uns jeden Monat am Siebten hier und pfeifen. Wir pfeifen auf die Wahlen vom 7. Mai! Weil die Wahlergebnisse gefälscht worden sind, verstehst du?« Er steckte zwei Finger in den Mund, stieß einen lauten Pfiff aus und drängelte sich durch die Menge zur Uhr.

Tommi war begeistert und begann ebenfalls zu pfeifen.

»Hör auf!«, zischte die Mutter und schüttelte ihn unsanft. »Damit das klar ist, ihr beiden: Wir beteiligen uns hier an gar nichts, verstanden? Wir pfeifen nicht, wir rufen keine Sprechchöre, wir laufen zu keiner Demonstration. Wir verziehen uns von hier, und zwar sofort.«

»Und was ist mit Gorbatschow?«

Hanna sagte: »Der kommt ganz bestimmt nicht hierher. Der sitzt längst mit Erich Honecker beim Essen und ruht sich vom Winken aus. Mama hat Recht. Die Polizei steht nicht umsonst hier rum. Hast du vergessen, was vorgestern in Dresden passiert ist? Das war eine richtige Straßenschlacht, und die vielen Verletzten, die vielen Verhafteten!«

»Ph«, machte Tommi. »Hier gibt's keine Schlacht. Die pfeifen doch bloß.«

Auf einmal rief Hanna: »Seht mal, die Kamera, das ist das Westfernsehen! Der Mann, der immer für die Tagesschau berichtet!« Hanna begann zu winken. »Vielleicht sind wir in den Nachrichten, dann kann uns Papa heute Abend sehen!«

»Ph«, sagte Tommi wieder. »In Amerika kriegt er bestimmt keine ARD rein.« Trotzdem sprang er auf den Brunnenrand und schwenkte seine Arme vor der Kamera hin und her.

»Jetzt reicht's aber!« Die Mutter packte die beiden Kinder und zerrte sie fort aus der Menge, zurück zum Bahnhof. »Ich habe keine Lust, euretwegen von der Polizei kontrolliert zu werden. Wir fahren sofort zur Oma.«

Die Menschenmenge setzte sich in Bewegung. Statt des Pfeifkonzerts wurden nun Sprechchöre angestimmt: »Wir bleiben hier! Verändern wollen wir!« Ein Demonstrationszug formierte sich, schob sich voran zum Palast der Republik.

»Wenn Papa noch da wäre, würden wir bestimmt mitgehen!«, murrte Tommi, aber der Griff der Mutter um seinen Arm war eisern.

Als sie endlich an der Schönhauser Allee aus der U-Bahn stiegen, dunkelte es schon. Auf dem kurzen Weg bis zur Gneiststraße wurden sie zweimal von Streifenpolizisten angehalten. Den Platz vor der Gethsemane-Kirche erleuchteten hunderte Kerzen, die auf der Erde, auf den niedrigen Mauern und auf den Stufen vor dem Eingang brannten. In Gruppen und Grüppchen standen Leute beisammen, manche gingen in die Kirche, andere kamen heraus, sie sprachen miteinander, zündeten neue Kerzen an. Weit offen war das Portal, über dem ein großes, weißes Transparent hing.

»Mahnwache«, buchstabierte Tommi. »Fürbitte für die zu Unrecht Inhaftierten. Für solche wie Papa?«

»Jaja«, murmelte Hanna und zog ihn weiter. Sie hatte die vielen jungen Männer gesehen, die paarweise am Straßenrand warteten oder scheinbar ziellos herumschlenderten. Sie waren unauffällig gekleidet. Auffällig schien nur, dass sie alle dunkle Taschenschirme am Handgelenk trugen.

»Das war keine gute Idee«, sagte die Mutter nervös. »Heute nach Berlin zu fahren!«

Die Großmutter wohnte noch immer in dem vierstöckigen Klinkerhaus, in dem sie vor fünfundsiebzig Jahren geboren worden war. Hier hatte sie ihre Kindheit verbracht, hier hatte sie als Achtzehnjährige den zehn Jahre älteren Herbert Hagelberg geheiratet, den sie in der kommunistischen Jugendbewegung kennengelernt hatte. Von hier aus fuhr sie zwei Monate nach der Hochzeit mit Herbert in die Sowjetunion, um ein halbes Jahr an der Lenin-Parteischule zu studieren. Das war im Dezember 1932. Im Januar darauf kam Hitler an die Macht und bald setzte die erste Verhaftungswelle ein. Herbert und Martha Hagelberg konnten nicht nach Berlin zurückkehren. Erst ein Jahr später begaben sie sich auf die gefährliche Heimreise, getrennt voneinander, mit falschen Papieren, unter falschen Namen.

Fortan war der politische Untergrund ihr Zuhause. Martha druckte auf einem klapprigen Matrizenapparat Flugblätter, die zum Widerstand gegen die Nazis aufriefen. Sie besorgte Geld und Papiere für Leute, die sich verstecken und außer Landes flüchten mussten. Sie wohnte in Gartenlauben, Kellern und Bootskajüten und hatte bei all dem keinerlei Kontakt zu ihrem Mann. Schon nach wenigen Monaten wurde sie entdeckt, verhaftet und wegen Hochverrat zu fünfzehn Jahren Zuchthaus verurteilt. Erst ein Jahrzehnt später, im Frühling 1945, kam sie frei und erfuhr, dass ihr Mann am Leben war. Vier Jahre im Konzentrationslager hatten jedoch aus Herbert einen todkranken Mann gemacht.

Das Haus in der Gneiststraße war von den Bomben verschont geblieben, aber in der Wohnung lebte längst eine andere Familie. Herbert und Martha zogen in die beiden Mansardenstuben unter dem Dach. Statt am Aufbau einer neuen Welt mitzuwirken, wie sie es sich im Zuchthaus vorgestellt hatte, pflegte Martha ihren Mann gesund. Sie waren beide sehr stolz darauf, dass ihre Tochter im selben Jahr geboren wurde wie der neue Staat DDR, in dessen Regierung einige Männer saßen, die einst mit Herbert und Martha zusammen in Moskau gelernt hatten, wie man eine sozialistische Revolution macht. Herbert starb, als der neue Staat und die kleine Lisa noch nicht einmal ein Jahr alt waren.

Martha blieb mit dem Kind in der Dachwohnung. Sie lebte heute noch dort, weil dieses Haus so eng mit ihrem Leben verbunden war. Hannas Eltern hatten sie seit Jahren zu überreden versucht, in eine Neubauwohnung mit Heizung und Bad zu ziehen, sie hätte sofort eine bekommen, als Parteiveteranin. Aber sie wollte einfach nicht weg aus dem Haus in der Gneiststraße. Und solange es Familien mit Kindern gäbe, die in Wohnungen ohne Bad und Heizung wohnten, hätte sie selber nicht das Recht auf eine solche Bitte, sagte sie. Schließlich sei sie vor langer Zeit Parteimitglied geworden, um ein besseres Leben für die ganze Menschheit zu erkämpfen, und nicht deshalb, um selber komfortabler zu leben.

Hanna merkte sofort, dass es der Großmutter nicht besser ging als vor ihrer Kur. Es dauerte sehr lange, bis sie auf das Klingeln hin den Weg vom Sofa bis zur Wohnungstür bewältigt hatte.

»Das Rheuma«, sagte sie entschuldigend und dann umarmte sie erst mal der Reihe nach alle drei. »Kommt rin in die jute Stube! Kinder, warum habt ihr euch bloß so lange nicht sehen lassen!«

Das Rheuma war Großmutters Begleiter seit den Zuchthausjahren. Alljährlich im Herbst verwandelten die schmerzenden Gelenke sie in eine Gefangene, die ihre vier Wände nicht verlassen konnte. Aber aus der Haftzeit hatte die Großmutter nicht nur ihr Rheuma behalten, sondern auch ihre eiserne Disziplin. Diese Disziplin half ihr, den Schmerz zu überwinden und so wenig wie möglich von fremder Hilfe abhängig zu sein. Obwohl ihr jede Bewegung schwerfiel, hatte sie für Tochter und Enkelkinder ihren berühmten Käsekuchen gebacken und ein üppiges Abendbrot vorbereitet. Der Geburtstag der Republik war für sie jedes Mal ein besonderes Fest und schon im Sommer begann sie, Delikatessen und Leckereien für diesen Tag im Oktober zusammenzutragen.

»Du siehst schlecht aus, Lisa«, sagte sie, als sie alle vier um den Kaffeetisch saßen. »Hast du Nachrichten von deinem Mann?«

»Papa ist in Amerika«, sagte Tommi.

Die Großmutter nickte ungeduldig. Das wusste sie längst.

»Ich dachte, er ruft dich mal an«, antwortete ihr die Mutter. »Wir haben doch kein Telefon mehr.«

»Es ist immer noch kaputt? Hast du dich nicht drum gekümmert?«

»Ach, Mutti«, sagte die Mutter nur.

Hanna erklärte: »Das Telefon ist doch grade deswegen gestört, damit wir nicht mit Papa telefonieren können.«

Die Großmutter lachte laut. »So ein Unfug!« Aber ihr Lachen brach plötzlich ab. »Hast du die Telefonrechnung nicht bezahlt, Mädel? Hast du Geldsorgen? Kann ich dir helfen?«

»Ja, das kannst du, Mutti.« Die Mutter seufzte erleichtert.

Hanna wusste, dass die Mutter lange gezögert hatte, die Großmutter um Geld zu bitten, und dass sie diese Frage schon seit Großmutters Rückkehr vor sich herschob. Jetzt war sie bestimmt froh, weil die Oma selber davon anfing.

Die Großmutter stemmte sich aus ihrem Stuhl hoch. »Wir beide trinken erst mal ein Schnäpschen und dann erzählst du mir alles.»

»Mutti, du darfst keinen Alkohol trinken. Denk an dein Herz!«

Die Großmutter winkte ab. »Heute ist Feiertag! Heute wollen wir es uns so richtig gut gehen lassen! Ihr bleibt hoffentlich über Nacht?«

»Ja!«, rief Tommi. »Wir gehn zum Feuerwerk und dann übernachten wir bei dir.«

»Wir gehn heute nirgendwo mehr hin«, widersprach die Mutter. »Die Polizei hält jeden an, der sich der Gethsemane-Kirche nähert. Wir bleiben hier bis morgen.«

»Wunderbar!« Die Großmutter lächelte. »Hanna, hol die Gläser aus der Kredenz! Tommi, gib mir die Flasche aus der Schrankwand! Ein Gläschen schadet meinem Herzen nicht. Und dir wird ein kleiner Sorgenbrecher auch gut tun, Lisa. Du siehst aus, als wärst du von den Toten auferstanden.«

Tommi sagte: »Mama arbeitet zu viel.«

»Das wundert mich nicht«, antwortete die Großmutter sofort. »Seit euer Vater sich davongemacht hat, bleibt eben alles an Lisa hängen.«

Hanna knallte die beiden Kognakschwenker auf den Tisch. »Papa hat sich nicht davongemacht!«

»Na, das kann man ja nun nennen, wie man will. Prost, Lisa. Kinder, in der Küche auf dem Fensterbrett stehen Salznüsse und Orangensaft für euch. Lasst uns zwei Frauen mal ein paar Minütchen alleine!»

»Dann schreibe ich inzwischen alles in mein Tagebuch, was wir heute gesehen haben!«, sagte Tommi.

»Du führst ein Tagebuch?«, fragte die Großmutter. »Das ist eine schöne und nützliche Gewohnheit! Lässt du mich mal drin lesen?«

Tommi nickte. »Ich schreibe alles auf, damit wir uns später an alles erinnern. Wenn alles anders ist.«

»Anders? Wie meinst du denn das?«

»Er meint, wenn er mal erwachsen ist«, sagte die Mutter schnell. »Nun geht schon in die Küche!«

Tommi sauste hinaus und stürzte sich auf die Nüsse. Hanna verharrte unschlüssig im Flur. Für einen Augenblick hatte sie zwischen Mutter und Oma eine seltsame Spannung wahrgenommen und deshalb musste sie jetzt hinter der Zimmertür stehenbleiben und lauschen. Warum war die Mutter eigentlich von ihrem Besuch nach Omas Rückkehr so schnell wieder zu Hause gewesen? Warum hatte sie gesagt, mit Oma könnte man nicht reden? Warum behauptete Oma, Papa hätte sich davongemacht, obwohl sie genau wusste, was passiert war? Oder vielleicht wusste sie etwas, was Hanna nicht wusste... Der längst vergessen geglaubte Zweifel erwachte in Hannas Kopf. Er wuchs und wuchs und erfüllte schließlich ihr ganzes Inneres, ließ ihr keinen Raum zum Atmen mehr. Vielleicht war ja doch alles ganz anders gewesen!? Vielleicht stimmte das, was die anderen dachten, Peters und Gutowski zum Beispiel, und was Lindner behauptet hatte und Hanna hatte sich nur zu leicht beruhigen lassen, weil sie es nicht glauben wollte: Der Vater war ein Krimineller, er war gar nicht wegen seines Buches verhaftet worden, sondern er hatte irgendwas wirklich Schlimmes gemacht, vielleicht war er ein Spion und als er vor seinem Prozess freigelassen wurde, ließ er seine Familie zurück und flüchtete in den Westen. Oder er hatte Rauschgift geschmuggelt, er durfte doch manchmal nach Westberlin, oder er war Fluchthelfer, oder er hatte mit seinem Auto jemanden angefahren und Fahrerflucht begangen, oder vielleicht... oder vielleicht... Was hatte der Vater in Amerika verloren, weit weg von seiner Familie?

Hanna zitterte. Ihr war kalt. Ihr war heiß. Der Kopf dröhnte, das Herz sprang gegen die Rippen. Sie rutschte auf den Fußboden und blieb da hocken, Rücken an der Wand, Ohr an der Tür.

»Ich wollte sowieso mit dir über Geld reden«, sagte die Großmutter. »Du musst Bescheid wissen, was mit meinen Ersparnissen geschehen soll, wenn ich sterbe. Nein, lass mich ausreden. Natürlich werde ich irgendwann sterben!« Hanna hörte das tiefe, herzliche Lachen der Oma. »Du weißt, dass ich als Opfer des Faschismus eine ziemlich hohe Rente bekomme. Und ich habe immer bescheiden gelebt. Also hat sich allerhand auf meinem Sparbuch angesammelt. Ich möchte, dass der größte Teil dieses Geldes in einen Fonds beim Solidaritätskomitee eingezahlt wird, und zwar zugunsten hungernder Kinder in Afrika. Für dich und deine Kinder wird auch ein bisschen was übrigbleiben. Aber die Kinder in den um ihre Freiheit kämpfenden Ländern brauchen es dringender als Tommi und Hanna. Meine Enkel leben im Sozialismus, ihre Zukunft ist gesichert.«

»Gesichert?« Die Stimme der Mutter bebte. »Wie meinst du denn das? Ihre Zukunft war noch nie so unsicher wie jetzt. Ich weiß nicht mal, ob wir überhaupt in der DDR bleiben können. Und wie es in unserem Land weitergeht. Ob hier irgendwann auf meine Kinder geschossen wird, wie in Peking! So was willst du nicht hören, ich weiß. Also reden wir über Geld! Ich verdiene so wenig, dass ich den Kindern keine Schuhe für den Winter kaufen kann. Und was ihre Ausbildung betrifft: Glaubst du etwa, Hanna wird studieren dürfen? Als Tochter ihres Vaters??«

»Auch ohne Studium kann man ein nützliches Mitglied der Gesellschaft werden. Außerdem gibt es bei uns keine Sippenhaft!«

»Nicht?? Warum darf ich nicht mehr in meinem Beruf arbeiten, seit Klaus verhaftet wurde? Mutti, das Leben in der DDR ist anders als du glaubst. Wir sind weit entfernt von dem Ideal der Gesellschaft, das Karl Marx entworfen hat: die Gesellschaft von Gleichberechtigten, in der die Freiheit des Einzelnen die Voraussetzung ist für die Freiheit aller!«

»Ich weiß, was Marx geschrieben hat. Aber für die Verfehlungen von Klaus kannst du nicht die Partei oder den Sozialismus verantwortlich machen! Dein Mann ist nie zufrieden gewesen, obwohl ihm alle Wege offen standen. In der Sowjetunion durfte er studieren! Aber dort hat er sich offenbar von Gorbatschow beeinflussen lassen. Dieser Gorbatschow hat dem Sozialismus schweren Schaden zugefügt!«

»Mutti! Als Klaus in Moskau studierte, war Gorbatschow ein unbekannter junger Mann irgendwo in der Provinz! Da war er noch lange nicht der sowjetische Präsident, der den Sozialismus reformieren will!«

»Egal. Undankbar ist Klaus gewesen. Eure Generation hat den fertigen Sozialismus geschenkt bekommen. Wir haben dafür unsere Jugend geopfert, im Gefängnis gesessen und dein Vater hat mit seinem Leben bezahlt, dass ihr in einer neuen Welt aufwachsen konntet...«

Nach einer quälenden Pause sagte die Mutter leise: »Klaus ist auch für einen besseren Sozialismus ins Gefängnis gegangen. Mutti, schau dich doch um, in unserem Land verändert sich endlich was! Die Leute gehen auf die Straße!«

»Das sind Asoziale, Randalierer! Leute ohne festes Arbeitsverhältnis!«

»Das kannst du nicht wirklich glauben! Los, schalte den Fernseher an! Hör zu, was die Leute fordern, schau ihnen ins Gesicht – die wollen endlich Verantwortung übernehmen für ihr eigenes Leben!«

»Ich halte mich an unsere Aktuelle Kamera«, entgegnete die Großmutter energisch. »Mein ganzes Leben lang hab ich kein Westradio gehört, da lasse ich doch auf meine alten Tage nicht den Klassenfeind in meine Stube. Du achtest hoffentlich darauf, dass Hanna und Tommi nicht heimlich Westfernsehen gucken.«

Die Mutter sagte: »Ich hab nicht vergessen, wie du darüber denkst. Ich war dreizehn, als die Mauer gebaut wurde und du hast mich das erste und einzige Mal geschlagen, weil ich bei meiner Freundin Ute Westnachrichten gehört hab.«

Die Großmutter lenkte ein: »Wir wollen uns nicht streiten, heute ist doch ein Feiertag. Wenn du Geld brauchst...«

»Ja, ich brauche Geld. Und ich bitte dich außerdem, mit deinen alten Freunden im Politbüro zu reden. Ich will nicht, dass den Kindern die Zukunft versaut wird!«

»Lisa!« Die Großmutter atmete mühsam. »Noch nie habe ich die Partei mit meinen Privatproblemen behelligt. Dazu ist die Partei nicht da. Dein Mann hat ein staatsfeindliches Buch verfasst...«

»Hat er nicht! Du kennst es doch gar nicht!«

»Natürlich nicht! Ich lese keine staatsfeindlichen Bücher! Klaus hat von Anfang an nicht in unsere Familie gepasst. Er hatte keinen guten Einfluss auf dich. Und er hat euch verlassen! Begreif diese schmerzliche Situation als Chance! Fang von vorne an mit deinen Kindern, mach einen sauberen Schnitt. Ich helfe dir, auf mich kannst du dich verlassen.«

Die Mutter antwortete nicht.

Hannas Herz klopfte so laut, dass sie glaubte, die beiden Frauen im Zimmer müssten es hören. Der Vater war also doch kein Verbrecher! Aber was meinte die Großmutter mit »sauberer Schnitt«? Dass sie sich von Papa trennen sollten? Das hatte auch Lindner gefragt, damals in der Küche. Oder dass sie einen Ausreiseantrag stellen und die DDR verlassen sollten? Hanna wollte aber nicht nach Amerika. Sie konnte doch gar kein Englisch. Und Freunde hatte sie in Amerika auch nicht. Gar nichts hatte sie dort, in dem fernen Land. Nur den Vater. Reichte das, um in der Fremde zu Hause zu sein?

Hanna zuckte zusammen. Schrill drang die Stimme der Mutter durch die Tür und deutlich hörte Hanna, dass die Mutter weinte.

»Willst du mich erpressen? Du gibst mir Geld für die Kinder, wenn ich mich von Klaus scheiden lasse? Klaus ist mein Mann!«

»Klaus ist in Amerika. Er hat die DDR verraten. Er kann sowieso nicht zurückkommen.«

Plötzlich stand die Mutter im Korridor neben Hanna. »Hast du alles gehört, ja? Wir bleiben nicht hier. Kommt!«

Tommi warf einen Blick auf Mutters verweintes Gesicht und widersprach ausnahmsweise nicht.

»Gib mir das Tagebuch!«, verlangte die Mutter. »Ich stecke es in meine Handtasche.«

»Wieso denn...«, maulte Tommi.

»Weil ich nicht will, dass du das Buch heute mit dir rumschleppst! Kommt jetzt endlich!«

»Warte, Lisa! So könnt ihr doch nicht...« Stöhnend tastete sich die Großmutter von Stuhl zu Stuhl bis zur Zimmertür. »Wollen wir nicht noch ein bisschen feiern? Und aus Tommis Tagebuch vorlesen?«

Die Mutter hatte Hanna und Tommi schon auf die Treppe geschoben. Plötzlich entriss sie Tommi das Tagebuch und drückte es der Großmutter unsanft in die Hand. »Lies das! Alles! Danach reden wir weiter!«

Laut dröhnten ihre Schritte auf den alten Holzstufen, drei Stockwerke hinunter.

»Das Feuerwerk könnt ihr doch auch von meinem Küchenfenster aus sehen!«, rief ihnen die Großmutter noch nach.

In einem dunklen Torweg

Die düstere Straßenschlucht wurde von den alten Laternen nur spärlich erhellt. Die Mutter lief, als müsste sie sich vor den Worten der Großmutter in Sicherheit bringen. Sie presste ihre Tasche fest an den Körper, ihr Haarschwanz flatterte, die Kamera schleuderte am Riemen hin und her. Beinahe im Laufschritt folgten Hanna und Tommi, doch der Abstand wuchs. Die Hauswände warfen das Echo der Schritte überlaut zurück. Plötzlich blieb die Mutter stehen und zeigte schweigend nach vorn, wo sich auf dem erleuchteten Platz vor der Kirche viele Menschen drängten. Am Ende der Gleisberger Straße stand eine Reihe großer, dunkler

Fahrzeuge. Eine Polizeikette sperrte die Straße. Was sollten sie jetzt machen?

»Los, hier lang!« Die Mutter bog nach links ein. Hanna verstand: Sie wollte auf die heller beleuchtete Schönhauser Allee, weg von der gefährlichen Gethsemane-Kirche, schnell zum Bahnhof. Doch kaum hatten sie die nächste Kreuzung erreicht, befanden sie sich mitten in einem Kessel. Hinter ihnen riegelte die Polizei den Rückweg in die Nebenstraße ab. An den Straßenrändern standen vergitterte Lastwagen und langsam rollte ein Wasserwerfer mitten auf die Kreuzung. Die Schönhauser Allee war voller Menschen. Manche trugen brennende Kerzen. An den Bordsteinen lungerten viele junge Männer in Lederjacken oder Anoraks herum, die meisten trugen Taschenschirme am Handgelenk.

»Keine Gewalt!«, riefen einzelne Stimmen aus der Menschenmenge. Zögernd formte sich ein Sprechchor: »Keine Gewalt!«

Als wäre damit ein Stichwort gefallen, rückten die Polizisten gegen die eingekesselten Menschen vor. Lärm brandete auf, schrille Schreie schlugen gegen die Mauern, die Lastwagen ließen die Motoren an.

»Räumen Sie die Straße!«, rief eine Lautsprecherstimme. »Räumen Sie sofort die Straße!«

Die jungen Männer von den Straßenrändern schlossen sich zu keilförmigen Trupps zusammen, drangen in die Menge, stürzten sich auf einzelne Personen.

»Das sind gar keine Demonstranten«, flüsterte Tommi. »Das sind verkleidete Polizisten!«

Dicht vor ihnen warfen zwei Männer eine Frau auf den Bürgersteig, einer kam noch dazu, zu dritt schleiften sie die

Frau zu einem Lastwagen und luden sie auf wie einen Sack. Viele, sehr viele Menschen wurden wahllos herausgegriffen, geschlagen, getreten, geschleift, verladen. Die Luft zitterte unter Schreien, Brüllen, Stöhnen. Fliehende wurden von der Polizeikette aufgefangen und ebenfalls zu den Lastwagen gezerrt.

Die Mutter drängte die Kinder in einen Torweg. Hinter ihnen schlug der schwere Türflügel zu. Das dunkle, fremde Haus roch modrig, wie ein Verlies. Hanna zitterte und tastete nach Tommis Hand. Die Mutter atmete laut. »Da, nach oben«, keuchte sie.

Das Tor wurde aufgestoßen, zwei Männer stürzten herein. Ein dritter blieb als schwarze Silhouette unterm Torbogen stehen. »Die da mit der Kamera!«, brüllte er.

Die Mutter wurde an den Haaren zu Boden gerissen. Sie schrie und versuchte sich zu wehren. Die Männer schlugen und traten die Mutter. Sie entwanden ihr die Kamera und zertrümmerten sie am Torstein.

Hanna drückte Tommi in den Winkel zwischen Wand und Treppe und hielt ihm den Mund zu, damit er nicht schreien konnte. Sie sah, wie einer der Männer die Mutter mit seinem Taschenschirm anstieß und bei jedem Stoß zuckte der Körper der Mutter wie unter einem Stromschlag. Die Mutter wurde auf die Straße geschleift, sie blutete am Kopf. Das Tor fiel zu.

Tommi riss sich los.

»Tommi! Nein!« Hanna wollte sagen, dass sie der Mutter nicht helfen könnten, aber aus ihrer Kehle kam nur ein heiseres Krächzen. Doch Tommi lief nicht hinaus. Durch einen Spalt spähte er auf die Straße, lange und stumm.

Hanna wusste nicht, wie viele Stunden sie in dem Torweg verbracht hatten. Irgendwann verebbte der Lärm. Sie hörte die Lastwagen wegfahren. Dumpf und unverständlich drang die Lautsprecherstimme durch das Tor. Tommi verließ seinen Horchposten und kam zu ihr, lehnte sich an sie. So saßen sie die ganze Nacht, auf der untersten Treppenstufe, ohne ein Wort zu sprechen.

Endlich sickerte der erste Streifen Tageslicht durch das Treppenfenster, das Haus erwachte mit seinen Geräuschen. Wasser rauschte, ein Baby weinte, ein Radio dudelte Blasmusik. Zögernd traten Hanna und Tommi aus ihrem Asyl auf die Straße. Die Polizeiposten auf der anderen Seite nahmen keine Notiz von den beiden Kindern. Vom Bahnhof her kam ihnen ein orangefarbenes Reinigungsauto mit aufgedrehtem Wasserstrahl entgegen. Sauber und unschuldig glänzte das Straßenpflaster.

Angst

»Wie seht ihr denn aus??« Barfuß, im Schlafanzug stand Olli in der Tür, entgeistert starrte er Hanna und Tommi an. Lombachs Wohnung war noch sonntäglich still.

Hanna verlangte ihren Wohnungsschlüssel. Unterwegs im Zug war ihr eingefallen, dass die beiden Mütter schon vor langer Zeit die Schlüssel ausgetauscht hatten. »Für den Ernstfall«, hatten sie damals gesagt. Heute war ein Ernstfall.

»Wieso brauchst du den Schlüssel? Wo ist eure Mutter?«

Tommi fing an zu weinen.

Da ahnte Olli, dass seine beiden Freunde ein Problem hatten, das sich bestimmt nicht mit einem Wohnungsschlüssel lösen ließ. »Kommt erst mal rein!«

In Lombachs Küche roch es nach frischem Kaffee. Pauline saß im Nachthemd am Tisch und kaute ein Marmeladenbrötchen.

»Meine Alten stehen zusammen unter der Dusche«, sagte Olli und trommelte an die Badezimmertür.

»Ruhe!«, schrie Katja aus dem Kinderzimmer. »Kann man denn nicht mal am Sonntag ausschlafen?«

Olli dirigierte die übernächtigen Herold-Geschwister an den Tisch und holte ein Blech voller duftender Brötchen aus dem Backofen. Er stellte ihnen Teller und Tassen hin und Milch. Er drückte Hannas Hand und sagte, was sein Vater manchmal zu seiner Mutter sagte: »Wird schon werden, meine Kleene, wird schon werden...« Dann rannte er wieder in den Flur und rief nach den Eltern: »Nun macht doch endlich, es ist was passiert!«

»Ich will nicht ins Kinderheim!«, schluchzte Tommi, als Uwe und Renate mit nassen Haaren und in Bademäntel gewickelt in die Küche stürzten. »Oma hat doch mein Tagebuch. Papa ist auch wegen einem Buch eingesperrt worden!«

»Niemand bringt dich ins Heim«, beruhigte ihn Uwe Lombach, und Renate sagte zu Hanna: »Erzähl mir alles.«

Eine halbe Stunde später lag Tommi unten in seinem Bett und schlief, tief und erschöpft. Olli holte Kohlen aus Herolds Keller und heizte die ausgekühlte Wohnung. Katja hantierte aufgeregt in Lombachs Küche herum, zum ersten Mal sollte sie ganz allein das Sonntagsessen kochen, für alle. In Herolds Wohnzimmer hörte Renate noch einmal zu, wie Hanna berichtete, was geschehen war und dann klapperte plötzlich die Wohnungstür, aber es war nur Uwe, der von der Telefonzelle zurückkam und den Kopf schüttelte. Vergeblich hatte er bei Herolds Oma angerufen, sie hatte den Hörer nicht abgenommen.

»Was machen wir jetzt?«, fragte Hanna verzweifelt.

Olli schaltete den Fernseher an. »Mal sehn, ob sie in den Nachrichten was zeigen.«

Im ZDF war Sonntagskonzert, aber das DDR-Fernsehen brachte gerade Nachrichten. Mit unbewegter Miene las die Sprecherin von einem Blatt ihren Text ab: »In den Abendstunden des 7. Oktober versuchten in Berlin Randalierer die Volksfeste zum 40. Jahrestag der DDR zu stören. Im Zusammenspiel mit westlichen Medien rotteten sie sich zusammen und riefen republikfeindliche Parolen. Der Besonnenheit der Schutz- und Sicherheitsorgane ist es zu verdanken, dass beabsichtigte Provokationen nicht zur Entfaltung kamen. Die Rädelsführer wurden festgenommen.«

»Mach das aus!«, befahl Renate. »Rädelsführer! Und was hat Lisa damit zu tun?«

Hanna flüsterte: »Die lügen ja, die lügen! Das kann doch nicht sein! Dass das alles nicht wahr gewesen ist! Der Sozialismus kann keine Lüge sein. Wofür ist dann Vati im Gefängnis gewesen. Und jetzt noch Mutti...« Sie legte den Kopf auf die Tischplatte.

Renate wusste darauf keine Antwort. Sie ging ins Bad, suchte die Baldrianflasche aus dem Medizinschränkchen und flößte Hanna einen großen Schluck ein. Der strenge Medizingeruch füllte das Zimmer. »Schlaf, Mädchen, schlaf. Schlafen gibt Kraft. Und wenn du aufwachst, ist das Essen fertig. Bis dahin ist uns was eingefallen, bestimmt!«

Aber so sehr Lombachs auch grübelten, sie wussten nicht, was sie jetzt tun sollten. Und sie fürchteten, dass sich wiederholen könnte, was nach jenem Freitag im Mai geschehen war: dass die Wohnung durchsucht würde, dass Lisa Herold wie ihr Mann irgendwo in einem Stasi-Untersuchungsgefängnis verschwunden bliebe, dass sie in den Westen abgeschoben würde. Und was dann mit den beiden Kindern passieren würde, das konnte man sich ja denken!

»Vielleicht können wir sie behalten«, sagte Renate wider besseres Wissen. »Und was soll dieser ganze Zirkus? Kannst du mir erklären, was das alles bedeuten soll?«

Nein, das konnte Uwe nicht. »Überhaupt hilft Grübeln nichts und Reden auch nicht«, sagte er. Er wollte jetzt hinaufgehen und Katja beim Kochen helfen.

Da klingelte es an Herolds Wohnungstür. Die beiden blickten sich an und jeder sah die Angst in den Augen des anderen. Lisa Herold würde nicht klingeln, die hatte ihren Schlüssel. Sie rührten sich nicht, als es wieder und immer wieder klingelte. Schließlich klapperte der Briefkastenschlitz. Schritte klickten die Treppe hinab. In Herolds Korridor lag ein Telegramm auf dem Fußboden.

»Das ist bestimmt nicht von der Stasi!« Uwe probierte ein Lachen.

»Frau Elisabeth Herold«, las Renate. »Dürfen wir das aufmachen?«

»Vielleicht von Klaus!«

Das Telegramm kam aber aus einem Berliner Krankenhaus. Lisa sollte sich umgehend auf Station 6 melden. Ihre

Mutter war nach einem Herzinfarkt heute Morgen um drei Uhr verstorben.

»Auch das noch«, stöhnte Renate.

»Ich fahre nach Berlin«, sagte Uwe entschlossen. »Da gibt es bestimmt eine Menge zu regeln. Du bleibst hier und kümmerst dich um die Kinder. Erklär ihnen, dass sie in der Schule die Klappe halten müssen. Tommi und Hanna lassen wir am besten zu Hause, sie kriegen sowieso schulfrei, wenn die Oma gestorben ist. Schreib ihnen Entschuldigungszettel. Morgen zur Spätschicht bin ich zurück. Dann sehen wir weiter. Wird schon werden.«

In dieser Nacht schlief Renate bei den beiden Herold-Kindern. Am Montagmorgen gab sie Katja und Olli die Entschuldigungsbriefe mit und sie sprach ungewohnt ernst und streng mit Pauline: Sie dürfe in der Schule kein Wort von dem erzählen, was sie am Sonntagmorgen beim Frühstück gehört hatte. Von der Telefonzelle aus rief sie in ihrem Betrieb an, um wegen »dringender familiärer Probleme« einen Tag unbezahlten Urlaub zu erbitten. Sie heizte die beiden Wohnungen, und nach dem Frühstück wusch sie Tommis nasses Bettzeug aus. Sie redete mit den Kindern nicht darüber, wie für sie das Leben weitergehen könnte nach der Verhaftung der Mutter. Hanna und Tommi fragten auch nichts. Und als Renate ihnen schließlich den Tod der Großmutter mitteilte, da sagten sie zu diesem Verlust kein einziges Wort. Tommi drehte sich wortlos um und verschwand im Bad.

Hanna dachte: Das ist die Strafe. Sie wusste selber nicht, wer hier wofür bestraft worden wäre. Aber es schien ihr

sehr lange her zu sein, dass sie Omas kleiner Liebling gewesen war. Das war in einem anderen Leben.

Mittags nach der Schule klingelte Frau Peters an der Tür.
Sie schüttelte erst Hanna und dann Tommi ernst die Hand
und versicherte ihnen, dass sie verstehen könne, wie sehr
der Verlust ihrer Großmutter sie schmerzen müsse. Und
dann wollte sie wissen, ob Frau Herold zu sprechen sei.

Ehe Hanna den Mund aufmachen konnte, sagte Tommi:
»Meine Mutter ist in Berlin.«

»Natürlich!« Frau Peters legte ihr Gesicht in mitleidige
Falten.»Sie hat jetzt bestimmt viel zu tun. Erholt euch ein
bißchen, Kinder, ihr seht sehr schlecht aus. Es tut mir wirklich leid.«

»Die wollte uns bloß aushorchen. Ob die was von Mama
weiß?«, überlegte Tommi.

»Quatsch!«, sagte Hanna verächtlich. »Selbst wenn ihr
Mann für die Stasi spioniert – denkst du, die erzählen ihm
gleich, wenn sie jemanden verhaften?«

Tommis Stimme wurde ganz klein und piepsig: »Ob Mama überhaupt wiederkommt?«

Hanna antwortete nicht.

Da holte Tommi ein neues Heft aus dem Schrankfach
und begann zu schreiben. Er schrieb den ganzen Nachmittag, hatte auch nichts dagegen, dass sich Hanna neben ihn
setzte und behauptete, sie müsse ihm helfen. Gemeinsam
versuchten sie, sich an alle Einzelheiten des schrecklichen
Sonnabends zu erinnern, nichts ließen sie aus von dem, was
sie gehört, gesehen und erlebt hatten, was gesprochen, getan und gedacht worden war.

»Du hast Recht gehabt«, sagte Hanna. Und auf Tommis fragenden Blick hin: »Es wird leichter, wenn man es aufschreibt.«

Sie schrieben noch, als am Abend die Wohnungstür aufgeschlossen wurde.

»Gleich«, murmelte Tommi. »Wir kommen gleich zum Essen hoch.«

Aber Hanna hob den Kopf und lauschte, sie erkannte die Schritte, die vertrauten Geräusche. Ihr Herz machte ein paar schnelle angstvolle Schläge, sie stieß ihren Stuhl zurück und rannte in den Korridor.

Hinter ihr seufzte Tommi auf und sagte: »Mama!«

Protokoll mit Friedo

Im Taxi auf dem Weg zum Krankenhaus schwiegen sie. Hanna hielt die Hand ihrer Mutter fest, wie früher, wenn sie sich als kleines Mädchen vor etwas gefürchtet hatte. Angst hatte sie auch jetzt, aber sie klammerte sich nicht furchtsam an der Mutter fest, sondern sie wollte Kraft geben, trösten, beruhigen. Die Mutter schützen. Und doch hätte sie am liebsten ihre Jacke über den Kopf gezogen und geweint.

Sie hatte der Mutter, als sie in so schrecklichem Zustand nach Hause gekommen war, nichts vom Tod der Großmutter sagen können. Und je länger sie ihr diese Nachricht verheimlichte, um so schwerer wurde es, dafür die passenden Worte zu finden.

Der Krankenhausflur war ganz still. Die Mutter setzte

sich auf die weißlackierte Bank am Fenster. Hanna suchte das Schwesternzimmer und klopfte an.

»Ich bin die Tochter von Frau Lombach«, sagte sie. »Meine Mutter...«

Die Schwester in der dunklen Ordenstracht hob den Kopf von ihrer Schreibarbeit. Sie musterte Johanna kurz und sagte dann: »Es wäre angemessen gewesen, wenn deine Mutter schon heute Morgen angerufen und sich für ihr Fehlen entschuldigt hätte – selbst wenn sie krank sein sollte. Schwester Caritas hat ihren Dienst übernommen.«

Hanna schluckte eine zornige Entgegnung hinunter, zusammen mit dem Schluchzen, das schon wieder in ihrem Hals hockte. »Meine Mutter sitzt draußen«, sagte sie. »Sie braucht Hilfe.«

Die Schwester sprang auf, entschuldigte sich bei Hanna und eilte auf den Flur. Mit einem raschen Blick musterte sie die Mutter: das verkrustete Seidentuch, das fest am Kopf klebte, die zerschrammte linke Gesichtshälfte, die geschwollenen Augen. Sie führte die Mutter ins Untersuchungszimmer, zog ihr die Jacke und die Schuhe aus und sah die Blutergüsse an ihren Armen. Dann löste sie behutsam das Tuch von Mutters Kopf. »Ein Unfall?«, fragte sie. »Wie ist das passiert?«

»Sie ist am Samstag in Berlin verhaftet worden. Wir waren bei unserer Oma und...« Hanna konnte nicht weitersprechen.

»Am Samstag!«, rief die Schwester. »Warum kommt sie dann erst heute?« Aber sie setzte sofort hinzu: »Wie dumm von mir. Bitte verzeihen Sie.« Sie telefonierte nach dem Arzt, dann schickte sie Hanna hinaus auf den Gang.

Die Mutter hatte noch immer kein Wort gesagt.

Hanna stand am Fenster, als sie den Arzt kommen hörte. Sie drehte sich um und erstarrte mitten in der Bewegung.

»Guten Tag, Hanna«, sagte der Arzt mit knarrender Stimme. »Erinnerst du dich an mich? Wir haben uns auf dem See getroffen.«

Friedo, Hinkys Freund – der Mann mit der Tasche und den Reagenzgläsern! Hanna konnte nur nicken.

»Wenn ich deine Mutter untersucht habe, sprechen wir miteinander. Okay?« Ohne eine Antwort abzuwarten, verschwand Friedo hinter der Tür.

Hanna wartete eine Ewigkeit. Sie erschrak, als die Schwester allein zurückkam. Aber die Schwester legte ihr beruhigend die Hand auf den Arm. »Deine Mutter ist geröntgt worden. Es geht ihr gut. Der Doktor möchte dich sprechen.« Sie zeigte Hanna den Weg.

Im Ärztezimmer saßen die Mutter und Friedo in den Sesseln und tranken Kaffee. Die Mutter trug einen frischen weißen Verband um den Kopf.

»Setz dich, Hanna«, sagte Friedo. »Ich würde deine Mutter gern zwei oder drei Tage zur Beobachtung hierbehalten. Aber sie will nicht. Sie meint, ihr kommt ohne sie nicht zurecht. Was sagst du dazu?«

Hanna sah, wie die Mutter ihr zuzwinkerte und sagte: »Nein, wir kommen allein nicht zurecht.«

Die Mutter lachte. »Es geht mir doch schon viel besser. Aber ehe wir nach Hause gehen, wollen wir noch ein Protokoll machen.«

»Was für ein Protokoll?«

»Ein Gedächtnisprotokoll«, sagte Friedo. »Deine Mutter

erzählt alles, was an diesem Wochenende geschehen ist. Ich helfe ihr dabei. Wir nehmen unser Gespräch auf Tonband auf und Schwester Felicitas tippt es ab. Es wird viele solcher Protokolle geben.«

»Wozu?«, fragte Hanna. »Glauben Sie etwa, die Polizisten kommen vor Gericht?«

»Ja, das glaube ich. Und auch diejenigen, die ihnen die Befehle gegeben haben. «

»Ich möchte, dass du zuhörst, Hanna«, sagte die Mutter. »Du bist doch auch dabei gewesen. «

Der Arzt holte ein kleines Diktiergerät aus dem Schrank.

»Friedo«, sagte Hanna. »Kann ich Mama erst noch was sagen? Es ist aber etwas Schlimmes.«

»Haben sie euch etwa auch geschlagen?«, fragte die Mutter.

Hanna fing an zu weinen. Endlich konnte sie weinen. »Die Oma ist gestorben«, sagte sie. »Ich wusste nicht, wie ich es dir sagen sollte.«

Die Mutter kniff die Lippen zusammen und schwieg.

»Sie brauchen jetzt viel Kraft, Frau Lombach...«, sagte Friedo schließlich. »Es tut mir sehr leid. Ich weiß, wie schwer das für Sie...«

Die Mutter unterbrach ihn. »Keine Angst, Doktor. Ich breche nicht zusammen. Im Gegenteil, jetzt weiß ich endlich, was ich zu tun habe. Ich stelle einen Ausreiseantrag, für mich und meine Kinder. Ganz egal, was mein Mann dazu sagt. Er will nämlich, dass wir hierbleiben, stellvertretend für ihn wahrscheinlich. Aber jetzt... Ich begrabe meine Mutter, und dann verschwinden wir aus diesem Land. Und vorher machen wir noch dieses Protokoll.«

Friedo schluckte eine Erwiderung herunter und schaltete das Gerät ein. »Montag, 9. Oktober 1989«, sagte er ins Mikrofon. »Gedächtnisprotokoll Elisabeth Lombach zu den Vorgängen am 7. und 8. Oktober.«

Die Mutter begann zu sprechen, mit derselben strengen Stimme, mit der sie eben auf die Nachricht vom Tod der Großmutter das Wort »Ausreiseantrag« gesagt hatte.

Hanna hockte auf ihrem Sessel wie betäubt. Ihr Kopf war ganz leer. Nur das Wort Ausreiseantrag blieb übrig. Sie fror plötzlich. Sie hatte Angst. Und sie war ganz allein. Die beiden Erwachsenen waren beschäftigt mit dem Tonbandprotokoll. In Hannas Ohren dröhnten die leisen Sätze der Mutter, die den Samstagabend in das dunkle Zimmer brachten, die Nacht danach, den Sonntag, den Montag – drei Tage voller Demütigungen, voller Furcht, voller Schwäche und Schmerzen. Die Fahrt im geschlossenen LKW. *Euch bringen wir auf die Müllkippe. Im Laufschritt Marsch.* Schlagstock auf den Rücken, Tritte zwischen die Beine. In der Hocke die Treppe hochhüpfen, bis zum zweiten Stock. Ausziehen, alles. Breitbeinig stehenbleiben, nackt. Durst. Dann die Garage, die Hunde, gebrüllte Befehle. *Konterrevolutionärer Abschaum.* Stehen, stundenlang. Wer nicht mehr kann: raustreten, Kniebeugen machen. Durst. Verhör, Foto, Fingerabdrücke. Zelle. Durst, Schmerzen, Angst. Schlafen verboten, Sprechen verboten, Weinen verboten. Fußboden schrubben, Klo schrubben. Unterschreiben, raus. *Dir werden wir die Frechheiten schon austreiben.* Drei Stunden bis nach Hause. Die Blicke der Leute, das Schweigen.

Drei Pappeln

Am nächsten Tag mussten Hanna und Tommi wieder in die Schule gehen. Wie immer wurden sie morgens von den Zwillingen und Pauline abgeholt – nur Peepee fehlte. Er fuhr neuerdings mit dem Fahrrad zur Schule.

Nach der ersten Stunde wurden die Klassen überraschend zum Appell auf den Hof gerufen. Am Platz des Direktors stand Frau Peters. Sie erklärte den Schülern, dass Krabowski wegen seines schlechten Gesundheitszustandes nicht länger Direktor ihrer Schule bleiben könne. »Wenn er sich von seinem Herzanfall erholt hat, wird er an seinen Arbeitsplatz in der Bezirksleitung der SED zurückkehren.« Frau Peters machte eine Pause. »Natürlich braucht unsere Schule einen Direktor. Ich habe euch zusammengerufen, um euch mitzuteilen, dass ich mit dieser Aufgabe betraut worden bin. Ich hoffe, dass ihr alle mich unterstützt, denn ich habe noch nie eine so große Verantwortung gehabt.«

»Ob Peepee das gewusst hat?«, überlegte Katja, als sie wieder in ihrem Klassenzimmer waren.

Olli sagte: »Irgendwie tut er mir leid. Das muss ein blödes Gefühl sein – die eigene Mutter als Schuldirektorin!«

Hanna sagte nichts. Sie hoffte nur, dass Peepees Mutter nicht versuchen würde, in Knechts und Krabowskis Fußstapfen zu treten und ein noch strafferes Regime einzuführen. Aber möglich war es schon – der Zettel mit den Fragen an der Wandzeitung hätte wohl jeden Schuldirektor mit Angst und Wut erfüllt.

Es gab noch eine zweite Neuigkeit für Hannas Klasse. Herr Kuss, den sie mehr oder weniger heimlich Küsschen nannten, war von diesem Tage an ihr Klassenleiter, weil Frau Peters nicht gleichzeitig eine Klasse und die ganze Schule leiten konnte.

Küsschen lud die Schüler der 8 b an einem Nachmittag Ende Oktober zu sich nach Hause ein – um sich gegenseitig besser kennen zu lernen, sagte er. Nicht alle folgten seiner Einladung. Aber Hanna und die Zwillinge entschlossen sich hinzugehen, denn Küsschen wohnte in einer uralten Villa am Heiligen See und er hatte ihnen Boot fahren und Grillwurst angekündigt.

Der Lehrer bewohnte aber in dieser Villa nur ein Kämmerchen unter dem Dach. Er hatte erst vor einem Jahr sein Studium beendet und noch keine eigene Wohnung gefunden. Er wohnte bei seinem Freund, einem Maler. In der Villa, die früher einem Bankier gehört hatte, lebten außer dem Maler noch eine Eisenbahnerfamilie mit vier Kindern, eine pensionierte Ohrenärztin und ein alkoholsüchtiger Klempner. Sie alle beobachteten aus ihren Fenstern, wie Küsschen auf der Wiese am Bootssteg eine Musikanlage installierte und den Grill aufbaute, um seine Gäste zu bewirten. Aber nur der Maler und die Eisenbahnerkinder ließen sich dazu bewegen, an dem improvisierten Fest teilzunehmen.

Hanna und Olli schlenderten um das Haus herum. Die Freitreppe bröckelte ebenso wie der Fassadenputz, und der Balkon im ersten Stock war mit mehreren Balken abgestützt. Trotzdem strahlte die Villa außer einer gewissen schlampigen Gemütlichkeit etwas Majestätisches aus. Sie waren beide noch nie in so einem Haus, auf so einem

Grundstück gewesen. Rings um die Wiese wuchsen hohe Bäume und am Steg standen drei Pappeln. Diese Pappeln hatte Hanna schon oft vom See aus gesehen, sie waren ihr immer als ein Symbol für eine sorglose und von Wohlstand geprägte Lebensart erschienen. Jetzt wohnte also ihr Klassenlehrer in der verfallenden Villa, und er hatte nicht einmal ein eigenes Klo in seiner Dachwohnung – wie Frau Aveling.

Der Maler löste die Kette seines Ruderbootes vom Pfosten, und Küsschen ruderte mit fünf Schülern auf den Heiligen See hinaus. Obwohl die Sonne schien, war die Luft herbstlich kühl und am Seeufer war kein einziger Spaziergänger zu sehen. Aus den Boxen dröhnte die Musik über das Wasser.

Hanna hockte neben Olli auf dem Steg, sie kaute an einer Bratwurst und ließ ihre Gedanken ziellos auf den See hinaus fliegen. Sie war froh über Küsschens Einladung, richtig froh, denn sie merkte, dass endlich das Gefühl von Übereinstimmung mit sich selbst zurückkehrte. Seit der Verhaftung des Vaters hatte sie dieses Gefühl erst ein einziges Mal verspürt. Das war an dem Nachmittag nach der FDJ-Prüfung gewesen. Aber schon wenige Tage später, am 7. Oktober, war es auf so schreckliche Weise von Angst und Bestürzung vertrieben worden.

Olli sah, dass Hanna ganz in sich versunken da saß und lächelte und er fragte, woran sie dächte. Aber Hanna schüttelte nur den Kopf. Wie sollte sie Olli erklären, dass sie an das Märchen vom Froschkönig gedacht hatte – aber nicht an diese Stelle, wo die Prinzessin den Frosch küsst, sondern daran, wie die drei eisernen Reifen zersprangen, die das

Herz für lange Zeit umschlossen hatten. Hanna hörte der Musik zu und dem fernen Gelächter ihrer Klassenkameraden im Boot und sie dachte jetzt an nichts mehr – an gar nichts.

»Kommst du mit?«, fragte Olli neben ihr. »He, was ist – träumst du?«

Hanna schreckte auf. »Wohin willst du denn?«

Neben Olli stand der Maler. »Wollt ihr euch meine Bilder ansehen?«, fragte er.

Außer Olli und Hanna hatte niemand Lust, ihm ins Haus zu folgen. Der Maler bewohnte ein riesiges Zimmer im Erdgeschoss. Das Zimmer war bestimmt vier Meter hoch und alle Wände waren bis unter die Decke mit Bildern behängt. Zu dem Zimmer gehörte die Veranda, deren Fenster auf die Wiese und den See hinaus gingen und diese Veranda benutzte der Maler als Atelier und Werkstatt. Er erklärte ihnen, dass er die weißen, auf Rahmen gespannten Leinwände gerade frisch grundiert hätte, zeigte ihnen Zeichnungen und Skizzen und nahm das Tuch von dem angefangenen Bild, das auf der Staffelei stand.

»Die drei Pappeln!«, rief Hanna.

Der Maler sagte: »Die Pappeln male ich immer wieder, weil sie jeden Tag anders aussehen – bei wechselndem Licht, in den verschiedenen Jahreszeiten.«

Olli stand vor der großen Presse, die fast die halbe Veranda füllte. »Wir haben einen Freund«, sagte er, »der ist Drucker, seine Werkstatt ist bei uns in der Zeppelinstraße, er hat genauso eine Presse.«

»Hinky?«, fragte der Maler. »Sagt bloß, ihr kennt Hinky!«

»Wissen Sie, wo er ist?«, fragte Hanna.

Der Maler hob eine Schulter. »Es ist besser, wenn ihr nichts darüber wisst.«

Hannas gute Stimmung verflog so plötzlich, wie sie gekommen war. Wozu sollte es gut sein, nicht zu wissen, wohin ein Freund nach seiner Verhaftung verschwunden war? Auf einmal war alles wieder da: Die Angst, die Unsicherheit, die ungewisse Zukunft, das Warten auf etwas, wodurch sich ihr Leben auf wunderbare Weise zum Guten wenden und die Familie wieder ein heiles Ganzes werden würde. Durch das Verandafenster sah sie, wie das Boot am Steg anlegte.

»Ich gehe jetzt Boot fahren«, sagte sie und verließ das Atelier.

»Warum bist du denn so plötzlich verschwunden?«, fragte Olli, als sie am Abend zur Straßenbahnhaltestelle schlenderten, um nach Hause zu fahren.

Hanna antwortete nicht.

Olli war ganz begeistert von dem Besuch in der Veranda. »Ich hab gar nicht gewusst, dass es so viele verschiedene Farben gibt!«, sagte er. »Und die haben alle so tolle Namen: Cölinblau, Veroneser Grüne Erde, Terra di Sienna...«

»Dass du dir das überhaupt gemerkt hast«, sagte Katja spöttisch.

»Was denkst du, Hanna – wenn ich weiter zur Schule gehe und Abitur mache – ob ich vielleicht Maler werden könnte?«

»Maler?« Verblüfft blieb Hanna stehen. »Woher willst du wissen, ob du dazu Talent hast?!«

Olli sagte: »Das werd ich herausfinden, bestimmt. Hast

du dir die Bilder angeguckt, in dem Zimmer? Ich hätte gar nicht beschreiben können, was da eigentlich drauf ist, es waren ja bloß Flächen, ineinandergemalte Farben. Ich meine, das waren keine Landschaften oder Porträts oder so was, einfach nur Bilder. Mann, da ist was in meinem Kopf explodiert, ich weiß nicht, wie ich das erklären soll... Jedenfalls hat er mich eingeladen, ich kann ihn wieder besuchen und ich kann auch mal probieren, ein Bild zu malen.«

Hanna staunte über Ollis plötzliche Verwandlung. Olli hatte nie besonders viel gesprochen und jetzt stand er hier an der Haltestelle unter der trüben Straßenlaterne, redete und gestikulierte voller Überschwang. Olli sagte: »Jedenfalls war das ein toller Tag heute. Irgendwie so, als hätte die Zukunft angefangen!«

»Weil wir grade von Zukunft reden«, sagte Katja. »Ich will jedenfalls später in so einer Villa wohnen. Ein großes Haus am See, genug Geld und immer Sonne – so stelle ich mir mein Leben vor. Da könnt ihr ruhig drüber lachen.«

Olli und Hanna lachten nicht. In dem plötzlichen Schweigen war jeder allein mit seinen Gedanken. Von der Endstation vor der Glienicker Brücke näherte sich quietschend die Straßenbahn.

Das magische Datum

Zwei Wochen später wurde die Urne mit Großmutters Asche in der Erde vergraben. Hanna hatte sich den Tag ganz anders vorgestellt. An diesem Donnerstag im November wurde sie vierzehn Jahre alt. Es war kein anderer Termin frei gewesen für das Begräbnis als Hannas Geburtstag, erst wieder einen Tag vor Weihnachten und so lange wollte die Mutter nicht warten, das verstand Hanna schon.

Aber auch Großmutters Beerdigung, eine Beerdigung überhaupt, hatte Hanna sich anders vorgestellt, feierlicher. Ein fetter Mann von der Friedhofsverwaltung stellte die Urne in ein kleines Erdloch und legte den Kranz daneben, den die Bezirksleitung der Partei geschickt hatte. Dann verbeugte er sich und murmelte eine Beileidsformel, bevor er, beinahe im Laufschritt, durch den Regen davoneilte.

Hanna musste daran denken, was der Vater vor einigen Jahren über ihren Geburtstag erzählt und was sie nie vergessen hatte. »Du bist an einem besonderen Tag geboren«, hatte er gesagt. »Der neunte November ist ein magisches Datum in der deutschen Geschichte, weil in ganz verschiedenen historischen Zeitabschnitten immer am neunten November entscheidende Dinge passierten. An einem neunten November begann in Berlin die Novemberrevolution. An einem neunten November putschte Hitler in München. Die Kristallnacht mit ihren Judenpogromen fiel auch auf einen neunten November.« Und nun fand die Beerdigung der Großmutter am 9. November statt. Das war zwar kein Ereignis, das in die Lehrbücher eingehen würde, aber Hanna glaubte, dass der persönliche Widerstand der Großmutter gegen die Naziherrschaft trotzdem seine Spuren in der Geschichte hinterlassen hatte.

Unvergessen stand mit Goldbuchstaben auf der Schleife des Parteikranzes geschrieben. Der Regen machte ein unangenehmes Geräusch auf den weißen Papierblumen.

Renate Lombach nahm der Mutter den Nelkenstrauß aus

der Hand und legte ihn neben die Urne. Eine Weile standen sie stumm um das Loch herum. Hanna musterte die Mutter, die sehr fremd aussah in den schwarzen Sachen. Ihr Gesicht war verschlossen und streng. Sie sprach nur noch wenig seit jenem Wochenende im Oktober. Manchmal schrie sie nachts im Schlaf oder sie schlief gar nicht und saß halbe Nächte in der Küche und rauchte.

»Komm, Lisa, wir gehn jetzt«, sagte Renate.

Uwe Lombach legte seine Arme um Hanna und Tommi und schob sie zurück auf den Friedhofsweg. Sie liefen alle fünf über das menschenleere Gelände zum Ausgang zurück. Außer ihnen war niemand zum Begräbnis gekommen. Niemand von der Partei, die Großmutters Lebensinhalt gewesen war.

Hanna erinnerte sich, schon einmal auf diesem Friedhof gewesen zu sein, vor ein paar Jahren, mit dem Vater. Sie waren in dem endlosen Demonstrationszug mitgelaufen, zur Gedenkstätte am anderen Ende des Friedhofes. Dort waren die Gräber von Karl Liebknecht und Rosa Luxemburg und Tausende von Berlinern gingen jedes Jahr im Januar hierher – an dem Tag, an dem die beiden Arbeiterführer im Jahre 1919 ermordet worden waren. Oben auf der Tribüne stand Erich Honecker im Kreise der anderen Parteifunktionäre und winkte huldvoll auf die Demonstranten herab, als wären sie gekommen, um ihn selber zu ehren.

Hanna dachte: Bestimmt gefällt es der Oma, auf dem gleichen Friedhof begraben zu sein wie Rosa Luxemburg.

Es hörte auf zu regnen und eine blasse, weiße Sonne schien auf die spiegelnden Straßen, als sie mit dem Kleinbus von Uwe Lombachs Betrieb zu Großmutters Wohnung fuhren. Die Wohnung musste bis zum Fünfzehnten ausgeräumt sein. Die Mutter hatte schon vor zwei Wochen eine Annonce aufgegeben wegen der Möbel. Aber die Annonce war immer noch nicht in der Zeitung erschienen und deshalb hatte sie einen Gerümpelcontainer bestellt. Der Container stand tatsächlich vor der Haustür, aber er war bereits so voll, dass nichts mehr hineinpasste. Offenbar hatten die Nachbarn aus der ganzen Straße ihre Keller und Bodenkammern entrümpelt, als sie den Container entdeckt hatten. Lisa fing an zu weinen.

»Hör auf«, sagte Renate. »Hast du am Grab keine Träne vergossen, brauchst du wegen dem Container auch nicht zu heulen. Wir werden die Wohnung schon leer kriegen.«

Hanna wusste, warum die Mutter weinte. Die Gebühr für den Container hatte einen halben Monatslohn gekostet.

Sie stiegen hinauf bis in die Mansardenwohnung. In dem kalten Wohnzimmer stellte Renate ihre Umhängetasche auf den Tisch und fing an zu singen: »Happy birthday to you...«

Alle sangen mit, auch die Mutter. Renate packte die Tasche aus und legte Hannas Geschenkpäckchen auf Omas Tisch. Zögernd riss Hanna das bunte Papier auf, während die Erwachsenen in der Küche verschwanden. Sie wollten noch schnell eine Mahlzeit zubereiten, bevor sie sich alle ans Ausräumen machten.

»Die richtige Feier kommt noch«, sagte Tommi tröstend. »Am Wochenende, wenn wir hier fertig sind. Außerdem hat Mama gesagt, wir dürfen uns aussuchen, was wir behalten wollen von Omas Sachen.«

Hanna zuckte mit der Schulter. Ja, sie würde sich etwas

aussuchen, zum Andenken. Aber irgendwie passte heute alles nicht zusammen. Kein richtiger Geburtstag, kein richtiges Begräbnis. Die falschen Tränen, das falsche Lied. Und falsche Gefühle. Vielleicht könnten sie später um Oma trauern, wenn viel Zeit vergangen sein würde seit dem letzten Besuch bei ihr und dem, was danach passiert war.

Sie kramten, räumten und schleppten den ganzen Tag. Allmählich füllte sich der Kleinbus mit Kartons und Koffern. Mit Dingen, die Lisa und die Kinder brauchen konnten. Hanna wollte Omas breiten silbernen Armreifen haben und Tommi die uralte Rheinmetall-Schreibmaschine. Die Nähmaschine sollten Lombachs kriegen.

Renate kam aus dem Schlafzimmer. »Ich habe das Sparbuch gefunden«, sagte sie. »Entschuldige, ich hab reingeguckt! Lisa, du bist reich!«

Unwirsch wehrte Lisa ab. »Es ist mir egal, wie viel es ist. Das geht alles an das Solidaritätskomitee. So wollte sie es.«

»Und wo ist das Testament?«, fragte Renate.

»Ich hab keins gefunden.«

»Lisa!« Renates Stimme nahm einen beschwörenden Ton an. »Sei nicht blöd! Du wirst doch das Geld nicht der Partei in den Rachen schmeißen. Deine Mutti ist nicht mehr dazu gekommen, ein Testament zu schreiben. Denk an die Kinder!«

»Ich werde einen Ausreiseantrag stellen. Das Geld kann ich sowieso nicht mitnehmen.«

»Hat man sowas schon gehört!« Renate drehte die Augen zur Decke. »Aber das Zeug, das du eingepackt hast, das willst du mitnehmen? Bettwäsche und Porzellan?! Mit so viel Geld kannste doch hier bleiben! Willste mit den Kindern ins Aufnahmelager gehn und hier verschimmeln die Tausender? Das Geld gehört dir, Lisa.«

»Müssen wir das vor den Kindern bereden?«, sagte die Mutter unwillig. »Ich habe immer noch gedacht, hier würde sich was ändern. Aber jetzt glaube ich das nicht mehr. Ich will weg.«

»Ich aber nicht«, sagte Hanna.

Und Tommi ergänzte: »Papa hat gesagt, wir sollen hier bleiben. Ich will hier alles miterleben! Das ist doch spannend, Mama! Ich brauch das für mein Buch!«

Renate lachte. Die Mutter aber starrte ihre Kinder verblüfft an.

Hanna sagte: »Du darfst nicht einfach so über uns bestimmen. Wir sind keine Koffer, die du über die Grenze schleppen kannst. Du hast überhaupt nicht mehr mit uns geredet, seit...«

»Ja, das stimmt schon...«, sagte die Mutter zögernd. »Ich...«

Da klingelte es an der Wohnungstür. Ein junger Mann stand draußen. Angesichts der schwarzen Kleider, die die Frauen unter ihren Kittelschürzen trugen, fand er nur mühsam Worte für das, was er sagen wollte. Es stellte sich heraus, dass er der zukünftige Mieter der Mansardenwohnung sein würde. Er wollte fragen, wann er die Schlüssel bekommen und einziehen könnte. Seine Frau hatte vor wenigen Tagen ihr erstes Kind bekommen, sie wohnten noch im Studentenheim.

»Haben Sie denn schon Möbel?«, fragte Uwe.

Überrascht starrte Lisa Uwe an, dann ließ sie sich auf Großmutters Sofa fallen und stieß einen erleichterten Seufzer aus. »Uwe, du bist unbezahlbar praktisch. Was würde ich bloß ohne dich machen? – Also, haben Sie schon Möbel?«

»Ich verstehe nicht...«, stammelte der Student. »Wir wollen so schnell wie möglich einziehen. Möbel kriegen wir schon irgendwoher.«

»Suchen Sie sich aus, was Sie brauchen können«, sagte Lisa. »Möbel, Vorhänge, Lampen, was Sie wollen.« Und als der junge Mann nicht antwortete, fügte sie hinzu: »Ich schenke Ihnen die Sachen.«

»Wirklich?? Auch die Küchenmöbel?«

»Alles. Waschmaschine, Kühlschrank – es ist alles da.«

Strahlend sauste der junge Mann in die Küche.

Renate sagte: »Ich kann dich ja verstehen. Du bist froh, dass du nicht noch einen zweiten Container bestellen musst. Aber alles verschenken? Die Waschmaschine ist wie neu! Du könntest wenigstens einen symbolischen Preis verlangen.«

Lisa schüttelte den Kopf. »Ich bin doch jetzt reich – hast du das schon vergessen?«

»Uns fragt wieder mal niemand«, flüsterte Tommi Hanna zu.

Hanna flüsterte zurück: »Sei froh, dass sie nicht wirklich einen Ausreiseantrag stellen will. Dann hätten wir weggemusst aus der Zeppelinstraße!«

»Trotzdem könnten wir Omas Fernseher selber behalten – fürs Kinderzimmer! Aber eigentlich ist mir das egal. Ich hab nämlich mein Tagebuch wiedergefunden! Es lag im Schlafzimmer auf der Kommode. Glaubst du, dass Oma noch drin gelesen hat, bevor sie gestorben ist?«

»Ganz bestimmt«, sagte Hanna. Aber bei dieser Antwort war ihr ziemlich beklommen zumute. Denn seit das Telegramm vom Krankenhaus gekommen war, verfolgte sie die Vorstellung, dass die Großmutter am Abend des 7. Oktober, nachdem sie im Streit auseinander gegangen waren, in Tommis Tagebuch gelesen und sich dabei so aufgeregt hatte, dass ihr krankes Herz versagte.

Tommi schienen ähnliche Gedanken zu plagen. Er fragte: »Kann man an der Wahrheit sterben?«

Längst war die Nacht angebrochen, als sie die Wohnungstür hinter sich zuschlossen und ein letztes Mal die Treppe des alten Mietshauses hinunterstiegen. Lisa und die Kinder teilten sich die hintere Sitzbank in dem vollgestopften Kleinbus. Tommi schlief sofort ein.

Trotz der späten Stunde herrschte auf der Schönhauser Allee ungewöhnlich starker Verkehr. Am S-Bahnhof stauten sich die Menschen. Autokolonnen blockierten die Kreuzungen.

»Verdammt, warum geht denn das nicht vorwärts«, knurrte Uwe.

Und Renate vermutete: »Hier muss irgendwo was los sein.«

An der nächsten Ampel kurbelte Uwe die Scheibe herunter. Neben ihnen hielt ein Trabbi mit offenen Seitenfenstern, fünf junge Männer hockten dicht gedrängt darin. Sie sangen lauthals »So ein Tag, so wunderschön wie heute...« Ihre Atemluft drang als weiße Wolke aus dem Auto in die Novemberkälte.

»He!«, rief Uwe. »Wat is'n los hier?«

Die Sänger schlugen dann ein brüllendes Gelächter an. »Kommst du vom Mond?«, schrie der Fahrer. »Wir fahrn alle uff'n Kudamm! Die Grenze is offen!«

»Willst du mich verarschen?«, fragte Uwe.

Die Kolonne ruckte an, der Trabbi rollte weiter. Uwe rüttelte am Schalthebel. »Habt ihr das gehört?«, sagte er verwirrt. »Das kann doch nicht stimmen, oder?«

»Wahnsinn!«, sagte Renate atemlos.

»Wahnsinn!«, wiederholte Hanna, ohne noch recht zu begreifen, was eigentlich vorging. Der neunte November – das magische Datum!

Der Kleinbus fuhr endlich an. »Lisa!«, schrie Renate. »Die Grenze ist offen. Sag doch was!«

»Ich will nach Hause«, sagte die Mutter.

4. Wiedersehen

Geschenk von Tante Thea

Am nächsten Morgen brach die Mutter nach Westberlin auf. Sie war gar nicht erst zu Bett gegangen, sondern hatte den Rest der Nacht mit Rechnen und Überlegen zugebracht. Beim Frühstück erklärte sie Tommi und Hanna, jetzt sei endlich der richtige Zeitpunkt gekommen, um eine neue Fotoausrüstung zu besorgen. Sie glaubte nicht, dass ein zweites Mal ihr gesamtes Arbeitsmaterial beschlagnahmt werden könnte. Jetzt war die Grenze offen, jetzt würde sich alles ändern! Eine japanische Kamera wollte sie kaufen und Geräte für die Dunkelkammer.

»Verstehe«, sagte Tommi. »Wir haben ja noch das Westgeld von Papa. Wann fahren wir los?«

»Ich fahre allein«, entgegnete die Mutter.

Tommi fing sofort an zu zetern, aber die Mutter ließ nicht mit sich reden. »Ihr müsst in die Schule! Außerdem mache ich sozusagen eine Geschäftsreise, da kann ich euch wirklich nicht gebrauchen. Ich muss mich auch beeilen, weil ich heute Abend zur Arbeit muss. Wir fahren an einem der nächsten Tage zusammen rüber, ich verspreche es euch! Ehrenwort!«

Maulend steckte Tommi sein Frühstück in die Schultasche. »Wenn sich jetzt alles ändert – kommt dann Papa zurück?«, fragte er plötzlich.

»Bestimmt!«, rief Hanna.

Die Mutter antwortete nicht.

Nach der Schule begab sich Hanna auf den Weg in die

Bauhofstraße zum Volkspolizeikreisamt, denn innerhalb einer Woche nach dem vierzehnten Geburtstag musste sie ihren Personalausweis abholen. Am Freitagnachmittag war in dem riesigen Gebäude nur ein einziges Zimmer geöffnet. Hanna wartete mehr als eine Stunde, ehe sie den Ausweis in den Händen hielt. Und als sie endlich nach Hause kam, lag ein Zettel von Tommi auf dem Küchentisch: »Ich fahre nach Westberlin. Bitte verrate Mama nichts!«

Hanna erschrak. Tommi war eindeutig verrückt geworden! Er besaß noch keinen eigenen Ausweis. Selbst wenn es ihm in dem allgemeinen Gedrängel und Gerangel gelang, unbemerkt durch den Übergang zu schlüpfen – ganz bestimmt würden die Grenzer niemanden ohne Papiere in die DDR hineinlassen! Wie wollte Tommi zurück nach Hause kommen? Hanna überlegte fieberhaft. Sollte sie mit ihrem nagelneuen Personalausweis nach Westberlin fahren und Tommi suchen? Diesen Plan verwarf sie sofort. Der Gedanke, sie könnte Tommi dort zufällig finden, war einfach lächerlich. Aber Tommi war erst elf, niemals würde er sich in der Millionenstadt allein zurechtfinden.

In ihrer Angst lief Hanna zu Lombachs, aber sie klingelte vergebens an der Wohnungstür. Niemand war zu Hause. Hanna verbrachte den Nachmittag am Küchenfenster und wartete. Aber weder die Mutter noch Tommi erschien. Stattdessen kam eine Ordensschwester mit wehendem schwarzen Gewand und flatterndem Schleier auf einem Moped in den Hof gefahren. Es war Schwester Felicitas, die an jenem Oktobertag nach Mutters Festnahme Dienst gehabt hatte. Hanna öffnete das Fenster.

»Auf unserer Station sind zwei Arbeitskräfte ausgefallen«, sagte die Schwester. »Vielleicht kann deine Mutter schon vor Beginn der Nachtschicht kommen?«

»Ich richte es aus«, versprach Hanna.

Die Mutter seufzte, als sie nach ihrer Rückkehr die Nachricht hörte. »Das habe ich mir gedacht«, sagte sie. »Die Ausreiser! Die nutzen jetzt natürlich die offene Grenze, nach der jahrelangen vergeblichen Warterei, und verschwinden nach Westberlin! Ich esse nur schnell einen Happen, dann fahre ich ins Krankenhaus. Du kannst dir nicht vorstellen, wie mir die Füße wehtun! Aber ich hab alles bekommen, was ich brauche!«

»Leg die Beine ein paar Minuten hoch!«, sagte Hanna. »Ich brate dir eine Pfanne Eier.«

Die Mutter streckte sich auf dem Sofa aus. »Sobald ich von der Arbeit heimkomme, richte ich das Labor ein und dann bin ich endlich wieder Fotografin! Ich will eine Reportage über die Grenzöffnung machen. Auf der Rückfahrt im Zug hab ich gehört, dass heute oder morgen die Glienicker Brücke geöffnet werden soll. Stell dir das vor – dann können wir zu Fuß nach Westberlin rüberlaufen! Wo ist eigentlich Tommi?«

»Mit den Zwillingen zum Tischtennis gegangen!«, log Hanna.

Kaum war die Mutter ins Krankenhaus gefahren, kehrte Tommi zurück. Er tat Hannas Geschimpfe mit einer Handbewegung ab und behauptete, es sei alles ganz einfach gewesen. »Man wird gar nicht richtig kontrolliert. Die Leute halten nur ihre Ausweise hoch und gehen einfach durch. Ich bin mit 'ner Familie mitgelaufen, als ob ich dazugehöre. Hanna, das ist Wahnsinn, wirklich, einfach irre! Drüben hinterm Kontrollpunkt stehn die Westberliner mit Sektflaschen und Blumensträußen, die Kinder kriegen Bananen und Schokolade geschenkt, alle singen und jubeln und umarmen sich. Wie im Film! Ich hab jetzt keine Zeit zum Erzählen, ich muss sofort alles aufschreiben.«

»Und wie bist du zurückgekommen?«

Tommi kicherte. »Ich hab gesagt, ich hätte im Gedränge meine Mami verloren. Denkst du etwa, die hätten mich nicht wieder reingelassen? Die sind froh über jeden, der überhaupt zurückkommt! Weißt du, was die Leute im Bus gesungen haben? ›Kriechet alle-alle durch, kriechet alle-alle durch, der Letzte macht das Licht aus!‹«

Hanna schaltete den Fernseher an. Das erste, was sie auf dem Bildschirm erblickte, war die Glienicker Brücke, die soeben geöffnet worden war. Keine Gitter mehr, kein Stacheldraht, keine Posten mit Maschinenpistolen und Hunden! Tausende von Potsdamern drängten über die Brücke in die andere Hälfte der Welt. Hanna ertappte sich dabei, dass sie auf dem Bildschirm nach bekannten Gesichtern suchte. Aber dann wurde sie plötzlich wütend. Offenbar war ganz Potsdam auf den Beinen, alle fuhren in den Westen, alle – außer Hanna Herold!

Am Samstagmorgen auf dem Schulweg erzählten die Zwillinge, dass sie ebenfalls drüben gewesen waren. »Und bald besuchen wir Eglbergers!«, frohlockte Katja. Sie hatte von Westberlin aus mit Bastian telefoniert und war in Gedanken schon in Bayern. Als sie Hannas finstere Miene bemerkte, sagte sie: »Ich verstehe nicht, wieso ihr nicht sofort rüberfahrt und euch mit eurem Vater trefft!«

169

»Vielleicht erinnerst du dich, dass mein Vater in Amerika ist«, antwortete Hanna patzig.

In der großen Pause nach der zweiten Stunde war Olli plötzlich verschwunden. Erst zum Pausenende kam er zurück auf den Hof. Schon von weitem sah Hanna, dass er seine und ihre Schulmappe trug und er hatte auch ihre Jacke über dem Arm.

»Komm mit«, sagte Olli. »Ich bringe dich nach Hause, weil dir schlecht ist. Küsschen hat uns freigegeben.«

»Wieso??«, fragte Hanna verblüfft, aber Olli schob sie aus dem Schulhof. Erst draußen auf der Straße sagte er: »Wir fahren jetzt nach Westberlin und rufen deinen Vater in seiner amerikanischen Universität an. Ich hab mir alles genau überlegt. Hast du deinen Ausweis dabei?«

Mit der Straßenbahn fuhren sie Richtung Glienicker Brücke. Aber zwei Haltestellen vor der Endstation blieb die Bahn stecken. Dutzende von Autos verstopften die Berliner Straße. Zu beiden Seiten der Fahrbahn strömten die Potsdamer zu Fuß dem Grenzübergang zu – Familien mit Kindern, Gruppen von jungen Leuten, Rentnerpaare, Frauen mit Kinderwagen, sogar zwei Männer im Rollstuhl.

»Sieht aus wie 'ne Maidemonstration«, lachte Olli.

»Ja«, sagte Hanna. »Das ist auch eine Demonstration! Eine Anti-DDR-Demonstration.«

Sie stiegen aus, gingen zu Fuß weiter und dann liefen sie endlich durch die provisorische Öffnung im Maschendrahtzaun über die Brücke, über die Havel, über die Grenze.

Am anderen Ende der Brücke spielte eine Blaskapelle, von einem Lastwagen warf jemand Tüten mit Apfelsinen und Bananen in die Menge, eine Frau verteilte aus einem

Karton Kuchenstücke an die Ankommenden und alle Leute hatten glückliche Gesichter. Sprachlos schaute Hanna in das Volksfestgewimmel. Aber Olli zog sie weiter: »Los, wir müssen sehen, dass wir in einen Bus reinkommen!«

Das erwies sich als schwierig. Die gelben Doppelstockbusse rollten zwar pausenlos heran und wieder ab, Richtung Bahnhof Wannsee – doch die Zahl der Wartenden schien sich von Minute zu Minute zu verdoppeln. Hier kommen wir nie weg, dachte Hanna. Und plötzlich fing sie an zu lachen. Mit ausgestrecktem Arm zeigte sie auf die mehrere Meter lange Werbeaufschrift, die oben an dem Bus angebracht war – und nicht nur an dem einen! Gleich drei Busse fuhren den Namen des Mannes spazieren, mit dem alles angefangen hatte: Gorbatschow. Hanna wusste zwar, dass dieser Name auch eine bekannte Wodka-Marke war. Aber heute wollte sie gern daran glauben, dass diese großen blauen Schilder ein Tribut an den sowjetischen Staatsmann waren, auf dessen Politik die DDR-Bürger ihre Hoffnungen gesetzt hatten. Wer zu spät kommt, den bestraft das Leben – das hatte Gorbatschow am siebten Oktober zu Erich Honecker gesagt. Aber mit selbstgerechter Miene hatte Honecker behauptet, die Mauer würde noch mindestens hundert Jahre stehen! »Den Sozialismus in seinem Lauf hält weder Ochs noch Esel auf!«, hatte er gerufen – vor den Mikrofonen und Fernsehkameras aus aller Welt.

Der Bus ruckte an und fuhr los. Hanna stand dicht an Olli gepresst, sie konnte immer noch nicht glauben, dass das alles kein Traum war. Für eine Sekunde hatte sie den seltsamen Eindruck, als seien alle diese aufgeregten, eng aneinandergedrängten Menschen hier im Bus Überlebende eines

Erdbebens, das ihre Heimat, ihre Häuser, ihre gewohnte Umgebung zerstört und in einen Abgrund gerissen hatte, und nun seien sie unterwegs auf der Suche nach einem anderen Leben. Eine Welle von Angst rollte auf Hanna zu, aber Olli stand neben ihr und grinste sie vergnügt an und der Albtraum verflog.

Der Bus verließ das Waldgebiet und rollte durch Wannsee. Hanna verrenkte Hals und Schultern, um durch das Gedränge wenigstens einen Blick aus dem Fenster auf die andere Hälfte der Welt zu werfen. Viel konnte sie nicht sehen, aber etwas fiel ihr doch auf: Überall vor den Sparkassenfilialen warteten geduldig in endlosen Schlangen DDR-Bürger auf ihr sogenanntes Begrüßungsgeld – einen blauen Hunderter pro Kopf.

»Ich stelle mich hier ganz bestimmt nicht an!«, sagte Hanna.

»Den Hunni kannste dir 'n andermal abholen«, antwortete Olli. »Wir steigen an der nächsten Haltestelle aus und gehen zum Postamt. Alles wie geplant.«

»Nach Amerika wollt ihr telefonieren?«, fragte der junge Mann, der gerade das Postamt schließen wollte. »Das habt ihr euch ein bisschen zu spät überlegt. Wir machen jetzt Feierabend. Weekend!«

»Es ist aber ganz wichtig!«, sagte Olli in beschwörendem Tonfall. »Wir kommen aus Potsdam! Und Hannas Vater ist ein Dissident, ein Bürgerrechtler! Er hat im Knast gesessen und ist in den Westen abgeschoben worden. Sie durften keinen Kontakt haben, seit er verhaftet wurde. Jetzt kann sie ihn endlich anrufen. Bitte, helfen Sie uns!«

Der Mann staunte. »Das ist ja 'ne irre Story!«, sagte er. »Ist das alles wirklich wahr?!«

Als Hanna nickte, schob er die beiden in den Schalterraum und schloss hinter ihnen die Tür ab. »Thea!«, schrie er. »Thea, bleib noch 'n Moment da, wir haben Besuch!«

Aus einer Tür kam eine ältere Frau in Mantel und Mütze. Neugierig musterte sie die beiden Fremdlinge. »Ihr seid aus'm Osten!«, sagte sie schließlich strahlend. »Das seh ich sofort! Solche Schuhe trägt hier kein Mensch und solche Schulmappen hat bei uns auch niemand.«

»Komm, wir hauen ab hier«, sagte Hanna zu Olli. »Ist doch egal, was wir für Schuhe anhaben, oder?«

»Nun seid nicht gleich beleidigt, Kinder!«, sagte die Frau. »Ich bin so froh, dass die Grenze endlich offen ist und deswegen freu ich mich auch, dass ich gleich gesehen habe, woher ihr kommt. Habt ihr euch verlaufen? Braucht ihr irgendwas?«

Der junge Mann sagte: »Thea, das ist 'ne affengeile Geschichte! Die gehört glatt in die Zeitung!«

Mit vor Begeisterung funkelnden Augen forderte er Olli auf, noch einmal zu erzählen, warum sie in das Postamt gekommen waren. Daraufhin zog die Frau sofort ihren Mantel wieder aus.

»Na, denn wolln wir mal, Mädel!«, sagte sie. »Mein Kollege holt uns 'ne Pizza und inzwischen plauderst du mit deinem Papa.«

Nun musste Hanna mit der Wahrheit herausrücken: Sie hatte keine Telefonnummer von ihrem Vater.

»Ach du meine Güte!«, sagte die Frau. »Habt ihr 'ne Ahnung davon, wie viele Telefonnummern es in Amerika gibt?! Dann sag mir mal, in welcher Stadt isser denn? Den Namen von der Universität weißte auch? Und die Adresse? Großartig. Tante Thea kriegt det raus, keene Bange!« Sie fing an zu telefonieren, erst deutsch, dann englisch. Es schien wohl doch nicht so einfach zu sein, denn der junge Mann war längst mit Pizzaschachteln und Coladosen zurück, als Thea endlich die richtige Nummer herausbekommen hatte.

»Hoffentlich ist er nicht grade spazierengegangen!«, sagte sie. Aber dann streckte sie Hanna mit einer verheißungsvollen Grimasse den Hörer entgegen.

»Papa?!«, schrie Hanna in den Hörer. »Papa, bist du das? Hier ist Hanna!« Am anderen Ende der Leitung sagte jemand etwas auf Englisch, dann knackte es zweimal und auf einmal hörte Hanna die Stimme ihres Vaters – so nahe, als säße er neben ihr am Tisch.

»Das haben Sie prima hingekriegt!«, sagte Olli. »Vielen Dank!« Zufrieden kauend beobachtete er Hanna, wie sie mit ihrem Vater sprach.

»Er kommt!«, rief Hanna aufgeregt, als sie endlich den Hörer hinlegte. »Er kommt nächste Woche, er hat schon das Flugticket! Er hat alles im Fernsehen verfolgt, und...« Sie konnte nicht weitersprechen, weil sie gleichzeitig lachen und weinen musste.

»Irre!«, sagte der junge Mann wieder. »Das glaubt mir kein Mensch, wenn ich das heute Abend in meiner Kneipe erzähle.«

»Was kostet das Gespräch?«, fragte Olli.

Thea sagte: »Jungchen, du spinnst wohl! Das Gespräch ist ein Geschenk von Tante Thea zur Feier des Tages!«

»Wo wollt ihr denn jetzt hin?«, fragte der junge Mann. »Ich bringe euch mit dem Auto!«

»Ich muss nach Hause!«, antwortete Hanna. »Ich will gleich meiner Mutter Bescheid sagen!«

Der junge Mann fuhr sie bis dicht an die Glienicker Brücke. Hanna und Olli waren beinahe die einzigen, die die Brücke in Richtung Potsdam überquerten und sie hatten Mühe, sich durch die Masse der Entgegenkommenden bis zum Übergang zu drängeln. In der halbleeren Straßenbahn umarmte Hanna Olli und hüpfte mit ihm auf der schaukelnden Plattform herum. »Das vergesse ich dir nie!«, sagte sie. »So lange ich lebe!«

Abschied

Das milde Herbstwetter ging zu Ende. Regen und Sturm rissen die letzten Blätter vom Kastanienbaum. Die Tage waren kurz und dunkel, und Pauline hatte von ihren Großeltern schon einen Adventskalender bekommen.

Lisa Herold hatte keine Zeit mehr zum Schlafen. Jede freie Minute verbrachte sie in der Kammer hinter der Küche. Sie entwickelte und vergrößerte die Aufnahmen, die sie am Grenzübergang Glienicker Brücke gemacht hatte, zwischendurch aß sie am Küchentisch sitzend, was Hanna ihr hinstellte. Ins Krankenhaus fuhr sie mit dem Fahrrad, dick in Mantel, Schal und Handschuhe verpackt. Denn sie hatte diese Woche Spätdienst, blieb aber nach jeder Schicht einige Stunden länger auf der Station, so dass sie die letzte Straßenbahn nicht mehr erreichte.

Hanna hatte sich längst daran gewöhnt, den größten Teil der Hausarbeit zu übernehmen. Seit sie wusste, dass der Vater in wenigen Tagen zurückkehren würde, spürte sie, wie ihre Kräfte wuchsen, so als ob sie sich darauf vorbereitete, einen engen Kokon zu sprengen, verborgene Flügel zu entfalten und ein neues Leben zu beginnen. Selbst wenn sie das schmutzige Geschirr vom Vortag spülte oder das Treppenhaus aufwischte, vibrierte in ihrem Inneren ein erwartungsvolles Frohlocken. Tommi schien es ähnlich zu ergehen. Er verbrachte die Nachmittage damit, seine Tagebuchaufzeichnungen zu ergänzen und mit Zeichnungen zu versehen. Er wollte dem Vater das fertige Buch als Begrüßungsgeschenk überreichen. Zum Schluß klebte er ein Etikett aus feuerrotem Buntpapier auf den Deckel. Darauf schrieb er den Titel, den er sich für seine Aufzeichnungen ausgedacht hatte.

Hanna schaute ihm über die Schulter und sagte: »Was soll das denn heißen?? Mauerland ist abgebrannt?!«

»Jedes Buch hat einen Titel. Und meins heißt: Mauerland ist abgebrannt!«, antwortete Tommi.

»Du spinnst wohl!«, rief Hanna erbost. »Das kannst du Papa so nicht geben! Das klingt völlig verkehrt!«

»Wieso? Ich hab an dieses Lied gedacht: Maikäfer flieg. Dein Vater ist im Krieg.«

»Ja, ja! Pommerland ist abgebrannt. Ach, wir armen, armen, verlassenen Waisenkinder. Genauso klingt das.«

»Das ist mein Buch, nicht deins!«, sagte Tommi. »Du bist ja bloß neidisch.«

»Blödmann!«, zischte Hanna beleidigt.

Als die Mutter quer durch die Küche eine Wäscheleine

spannte, um daran die Vergrößerungen ihrer besten Brückenfotos anzuhängen, dachte Hanna: Es stimmt, ich bin neidisch. Tommi hat das Tagebuch, Mama hat ihre Fotos – und was habe ich vorzuweisen, wenn Papa kommt? Sie beobachtete die Mutter, wie sie die festgeklammerten Bilder mit kritischen Blicken musterte, manchmal ein Foto austauschte, dabei eine Zigarette nach der anderen anzündend.

»Die neue Kamera ist einfach 'ne Wucht!«, sagte die Mutter. »Ich werde versuchen, eine Ausstellung zu machen. Was meinst du dazu?«

Hanna zuckte mit der Schulter. Sie wusste nicht, was sie von dem neuen Arbeitseifer der Mutter halten sollte. Lisa sah beinahe wieder genauso schlecht aus wie in den ersten Wochen nach Vaters Verhaftung. Sie behauptete aber ständig, es sei ihr lange nicht so gut gegangen wie jetzt.

»Willst du nicht aufhören bei den Ordensschwestern?«, fragte Hanna schließlich. »Du kannst doch jetzt wieder in deinem Beruf arbeiten. Und wenn Papa zurückkommt, ist alles wie früher.«

»Sie haben mir Arbeit gegeben, als ich keine Arbeit finden konnte. Da kann ich sie jetzt nicht im Stich lassen, wo ihnen so viele Leute weggelaufen sind!«

»Aber Mama! Sieh doch mal in den Spiegel!«

»Ja«, sagte die Mutter. »Du hast ja recht. Ich lege mich noch ein Stündchen hin, bevor ich zum Dienst fahre. Und ich muss aufhören zu rauchen. Am besten gleich. Papa mag nicht, wenn ich rauche. Ich habe vor fünfzehn Jahren schon mal seinetwegen damit aufgehört.«

Aber zum Ausruhen kam die Mutter an diesem Abend

nicht mehr. An der Wohnungstür klingelten Frau Sasse und Miss Piggy.

»He, musst du gar nicht mehr im Bett liegen?«, rief Tommi überrascht. »Kannst du wieder richtig laufen?«

»Ich hab heute zum ersten Mal die Treppen geschafft, ohne Mamas Hilfe!«, erklärte Danuta stolz.

»Das ist ja großartig!«, sagte Lisa. »Bestimmt bist du bald wieder ganz gesund.«

Aber Frau Sasse sank auf einen Küchenstuhl und fing an zu schluchzen.

Danuta sagte: »Papa ist weg.«

»Verhaftet?«, fragte Hanna erschrocken.

Frau Sasse schüttelte den Kopf und tastete nach ihrem Taschentuch. »Er war schon zwei Tage nicht in seiner Dienststelle. Das Auto hat er mitgenommen und unser gesamtes Geld. Er hat das Sparbuch leer geräumt.«

Ein paar Sekunden lang war es so still in der Küche, dass man die Zeitschaltuhr hinter der Dunkelkammertür ticken hören konnte. Frau Sasse starrte mit leerem Gesicht auf Lisas Fotos, auf die Menschen, die mit wehenden Mänteln über die Glienicker Brücke eilten, die vor der Sparkasse in Wannsee triumphierend ihre Hunderter hochhielten, die ihre Hände in die Luft reckten, um die von einem Lastwagen in die Menge geworfenen Bananen aufzufangen.

Die Mutter fragte: »Ist er für immer...?«

Frau Sasse nickte. »Ich denke, er ist im Westen. Er hat uns verlassen. Was sollen wir bloß machen?«

»Und jetzt wollen Sie von mir wissen, wie ich das geschafft habe, ohne meinen Mann, ohne Geld, allein mit zwei Kindern?«

»Ich glaube, ich musste es vor allem jemandem erzählen«, sagte Frau Sasse und schnäuzte sich. »Ich habe niemanden, außer Danuta. Ich muss ganz dringend Arbeit finden. Wir haben nichts mehr in der Speisekammer. Und wovon soll ich die Miete bezahlen? Wir sind in einer verzweifelten Situation.«

»Möchten Sie mit uns Abendbrot essen?«, fragte Hanna. »Ich wollte gerade den Tisch decken.« Sie erinnerte sich daran, wie sie in der Zeit nach Vaters Verhaftung immer wieder beratschlagend um Lombachs Küchentisch gesessen hatten – zuletzt am Abend vor Omas Beerdigung – und wie ihnen dieses Zusammensein jedesmal ein Gefühl von Kraft und Geborgenheit vermittelt hatte.

An der Art, wie die Mutter sie ansah, erkannte Hanna, dass auch sie daran gedacht hatte. Und als sie alle beim Essen saßen, sagte die Mutter, sie wüsste, wie sie Frau Sasse und Danuta helfen könnte. »Es ist ganz einfach«, sagte sie. »Meine Mutter ist vor einem Monat gestorben und sie hat ein gut gefülltes Sparbuch hinterlassen.«

Frau Sasse errötete. »Frau Herold! Das geht doch nicht!«

»Doch«, sagte Lisa Herold, »das geht. Ich borge Ihnen gerne etwas. Außerdem werden Sie ganz schnell Arbeit finden, wenn Sie nicht unbedingt eine Stelle als Übersetzerin suchen. Im Josefskrankenhaus fehlen nämlich jede Menge Stationshilfen und Küchenkräfte. Und wenn Sie halbtags arbeiten, haben Sie noch genug Zeit, sich um Danuta zu kümmern, bis sie wieder ganz gesund ist. Später finden Sie bestimmt eine andere Arbeit. Ich kann heute Abend noch mit der Oberin reden, wenn Sie wollen.«

Als Frau Sasse ein paar Dankesworte stammelte, wehrte

die Mutter ab: »Uns ist auch geholfen worden. Und in ein paar Tagen kommt mein Mann zurück, dann sind die schlimmen Zeiten für uns vorbei!«

Frau Sasse nahm einen großen Schluck Tee und sagte: »Ihrer kommt zurück, meiner ist verschwunden. Vielleicht verstehen Sie das nicht, aber in gewisser Weise bin ich sogar erleichtert. Manchmal habe ich gedacht, es wäre besser, ihn zu verlassen. Aber wo hätte ich denn hingehen sollen. Und nach Danutas Krankheit konnte ich sowieso nicht mehr an mich selber denken. Jetzt ist er weg. Wir schaffen es auch ohne ihn.«

»Bestimmt!«, sagte die Mutter.

Wieder klingelte der Türgong. Frau Sasse erstarrte. »Er ist zurückgekommen...«, flüsterte sie.

Hanna lief hinaus, um die Wohnungstür zu öffnen. Auf dem Treppenabsatz stand Peepee. Er trug einen Rucksack.

»Ich will mich nur von dir verabschieden«, sagte er. »Ich gehe weg.«

»Weg?«, wiederholte Hanna verblüfft. »Wieso? Wo willst du hin?«

»Zu meinen Großeltern nach Rostock«, sagte Peepee. »Ich komme nicht zurück.«

»Und deine Eltern?«

»Die sind auf einer Versammlung. Ich habe ihnen einen Zettel geschrieben. Ich halte es hier nicht mehr aus. Du kannst dir nicht vorstellen, was mein Vater gemacht hat. Er ist ein Stasi-Spitzel!«

Hanna nickte.

»Habt ihr das gewusst?? Bald werden es alle wissen... Ich würde am liebsten im Boden versinken! Hanna, ich kann auch nicht mehr hier in die Schule gehen, wo meine Mutter Direktorin ist. Sie gibt mir die Schuld, dass Krabowski den Herzinfarkt gekriegt hat.«

»Dir?? Hast du etwa den Zettel geschrieben?«

Peepee nickte. »Ich will nur noch fort. Ich geh in Rostock zur Schule. Wenn sie mich mit Gewalt zurückholen, dann...« Seine Stimme bebte.

»Was dann?«, fragte Hanna.

»Dann verschwinde ich über die Grenze. Ich habe in Ungarn so viele Freunde gefunden, aus der ganzen Welt. Ich bin kräftig, ich kann arbeiten.«

»Aber du bist minderjährig, du kannst nicht einfach abhauen!«

Peepee sagte: »Mach's gut, Hanna. Ich hab das damals nicht so gewollt, mit Katja. Ich... Es ist einfach passiert. Ich weiß, dass ich dich gekränkt habe und es hat mir die ganze Zeit Leid getan.«

Das Treppenlicht ging aus. Peepee verstummte. Hanna tastete nach dem Lichtschalter, einen Atemzug lang glaubte sie, im Dunkeln würde Peepee nach ihrer Hand greifen. Aber da klappte die Haustür und als das Licht wieder aufleuchtete, war Peepee nicht mehr da.

Die andere Hälfte der Welt

Endlich kam der Tag von Vaters Rückkehr. Die Mutter hatte sich im Krankenhaus freigeben lassen, aber sie wollte nichts davon hören, den Kindern einen Entschuldigungszettel für Küsschen zu schreiben.

181

»Ihr geht in die Schule!«, bestimmte sie. »Wir wissen doch sowieso nicht genau, mit welcher Maschine Papa in Berlin ankommt.«

Als Hanna und Tommi mittags aus der Schule zurückkamen, war der Vater noch nicht da. Die ganze Wohnung duftete nach Braten und nach Apfelkuchen. Auf dem Wohnzimmertisch prangte ein großer Strauß gelber Rosen – mitten im November! Der stammte aus dem Treibhaus, das die Ordensschwestern in ihrer Gärtnerei hinter dem Krankenhaus betrieben, Schwester Felicitas hatte ihn gebracht.

Den ganzen Nachmittag warteten Tommi, Hanna und Lisa auf den Vater. Sie saßen in der Stube herum und konnten sich nicht entschließen, irgendeine Tätigkeit anzufangen. Angespannt lauschten sie auf jedes Geräusch, das aus dem Treppenhaus in die Wohnung drang. Alle paar Minuten sprang einer von ihnen auf, um in die Küche zu laufen und aus dem Fenster zu spähen.

Es dunkelte früh. Hanna knipste das Licht an und sagte: »Wir hocken hier genauso verängstigt herum wie nach Papas Verhaftung. Aber heute ist doch ein fröhlicher Tag, oder?!«

Die Mutter lachte nervös.

Wieder lief Hanna in die Küche und schaute hinaus in den dunklen Hof. Eine Straßenlaterne erhellte das Stück der Zeppelinstraße, das Hanna vom Fenster aus überblicken konnte. Kein Mensch war zu sehen. Nur ab und an rollte ein Auto vorüber. Plötzlich bogen zwei Radfahrer in den Hof ein. Für einen Augenblick hoffte Hanna, dass Peepee zurückgekommen wäre, aber auf den Rädern saßen zwei fremde junge Leute, ein Mann und eine Frau. Durch das geschlossene Fenster hörte Hanna sie reden und lachen. Sie drehten ein paar übermütige Runden um den Kastanienbaum, dabei kreischten sie so laut, dass Gutowski sich veranlasst fühlte, nach dem Rechten zu sehen. In seiner Küche ging die Lampe an und der Lichtschein fiel als helles Viereck in den Hof. Gutowski riss das Fenster auf und fragte barsch, was das Pärchen hier zu suchen hätte.

Der junge Mann fragte: »Sind Sie Frau Herold?« Seine Freundin fiel vor Lachen beinahe vom Fahrrad.

»Sie sind ja betrunken!«, schimpfte Gutowski und knallte das Fenster zu.

Hanna war schon aus der Wohnung und die Treppenstufen zur Haustür hinuntergesaust. »Ich bin Hanna Herold!«, rief sie atemlos und wusste schon, was die beiden jungen Leute für eine Nachricht zu überbringen hatten. Und sie irrte sich nicht. Sie hatten umsonst gewartet.

Der Vater war vom Flughafen sofort zur Glienicker Brücke gefahren. Aber die Grenzposten hatten ihn nicht nach Potsdam hereingelassen. Klaus Herold war kein DDR-Bürger mehr, für ihn galt nicht, was für seine Familie seit einer Woche galt, für ihn blieb die Grenze geschlossen. Er musste bei den zuständigen Behörden einen Antrag stellen und warten, ob er eine Einreisegenehmigung zu Besuchszwecken erhielt. Einfach wieder in seine Wohnung und zu seiner Familie heimkehren durfte er nicht.

Er hatte die beiden Radfahrer angesprochen, als sie von ihrem Ausflug nach Westberlin über die Brücke zurückradelten. Sie versprachen ihm, in die Zeppelinstraße zu fahren und seiner Familie zu erklären, warum er nicht kommen konnte. Aber weil sie ihm erzählten, sie hätten eben zusammen zwei Flaschen Sekt leer getrunken, schrieb er ihnen vorsichtshalber das Wichtigste auf einen Zettel: Namen und Anschrift seiner Familie und dazu die dringende Aufforderung, Lisa und die Kinder sollten morgen nach Westberlin kommen, in die Wohnung seines Freundes, unbedingt!! Der Vater musste wieder nach Amerika zurück, sein Vertrag mit der Universität lief noch bis zum Jahresende.

Fröhlich klingelnd kurvten die Radfahrer vom Hof. Mit dem zerknautschten Zettel in der Hand kam Hanna zurück ins Zimmer.

»Ich hab's gewusst«, sagte die Mutter tonlos, ehe Hanna überhaupt den Mund aufmachen konnte.

Tommi entriss Hanna den Zettel und las die Nachricht laut vor. »Wir fahren morgen hin!«, sagte er. »Die Zwillinge nehmen unsere Entschuldigungszettel mit. Oder wir geben sie heute Abend noch bei Frau Peters ab!«

Die Mutter fing an zu schluchzen. »Ich kann morgen nicht noch einmal freinehmen!«

»Wieso denn nicht«, rief Hanna. »Wir müssen doch...«

Aber die Mutter sprang auf und verschwand ohne ein weiteres Wort in Vaters Arbeitszimmer. Durch die geschlossene Tür drang ihr lautes Weinen.

»Wir müssen was unternehmen!«, rief Tommi empört.

Hanna nickte und schaute auf ihre Armbanduhr: Kurz nach acht. Entschlossen verließ sie die Wohnung und stieg die Treppen zu Peepees Wohnung hinauf. Zehn Minuten später kam sie zurück – Frau Peters hatte ihnen für den nächsten Tag schulfrei gegeben. Hanna zog ihren Anorak über und nahm die Mütze vom Haken.

»Tommi, du bleibst bei Mama!«, befahl sie. »Ich fahre ins

Krankenhaus und rede mit Friedo! Und verleg bloß den Zettel mit der Anschrift von Papas Freund nicht!«

Tommi sagte: »Die Adresse hab ich mir schon eingeprägt. Hast du 'ne Ahnung, wo Berlin-Charlottenburg liegt? Ich hab gleich im Schulatlas nachgesehen, aber Westberlin ist gar nicht drauf – zwischen Potsdam und Ostberlin ist nur eine weiße Fläche!«

Hanna wollte den Rosenstrauß mitnehmen, aber Tommi erinnerte sie an das Gedränge in den Bussen – das hätten die Blumen nicht überlebt. Als sie die Glienicker Brücke überquerten, bemerkten sie jedoch nichts mehr von der Hektik, die die ersten Tage nach der Grenzöffnung geherrscht hatte. Der Überschwang war einer gewissen Normalität gewichen. Ein einziger Uniformierter stand vor der eilends errichteten Baracke an der Brücke und der nickte nur lässig, als Hanna und die Mutter ihre Ausweise hochhielten.

Sie liefen rasch, denn ein eisiger Wind fegte über die Brücke. Trotz der grauen, tiefsegelnden Novemberwolken sah Hanna, wie schön die Landschaft war, die die beiden für fast drei Jahrzehnte voneinander getrennten Städte nun endlich wieder miteinander verband. Wälder und sanfte Hügel umrahmten die Seen, die beiderseits der Brücke bis zum Horizont reichten. Und zwischen den grauen Baumgruppen ragten die Türme von Schlössern und Kirchen, die Hanna noch nie vorher gesehen hatte – bei ihrem ersten Ausflug ans andere Ufer hatte sie keinen Blick für die Umgebung gehabt, weil sie viel zu aufgeregt gewesen war.

Diesmal mussten sie nicht drängeln und schieben, um einen Platz im Bus zu ergattern. Sie saßen auf der oberen

Plattform, ganz vorn, und genossen die Aussicht auf alles, was ihre Augen im Vorüberfahren erhaschen konnten: hell erleuchtete Schaufenster und bunte Werbeauslagen, riesige japanische Motorräder, Bettler mit Schäferhunden, Straßenmusikanten, die Lichterketten über den Straßen und die bunt geschmückten Weihnachtsbäume in den Vorgärten, die zahllosen Leute, die alle irgendwohin eilten, und noch immer die langen Schlangen vor den Banken und Sparkassen.

In Wannsee stiegen sie in die S-Bahn. Als sie in Charlottenburg aus dem Bahnhof traten, regnete es in Strömen. Der Wind trieb eisige Wasserschwaden vor sich her, er riss an Mutters Schirm und stülpte ihn um, noch ehe sie die Straßenkreuzung erreicht hatten. Autos brausten vorbei und überschütteten die Bürgersteige mit Spritzwasser. Die Mutter sprach eine Frau an, um nach dem Weg zu fragen, aber die hastete vorbei, ohne überhaupt aufzusehen.

Vor dem Bahnhof standen einige Taxis. Die Mutter reichte einem der Fahrer den Zettel mit der Adresse. Der Fahrer öffnete die hintere Wagentür. Aber die Mutter wehrte ab, sie wollte nicht einsteigen, sondern nur eine Auskunft. Wortlos knallte der Fahrer die Tür wieder zu. Inzwischen waren die Anoraks der Geschwister an den Schultern vom Regen durchweicht.

»Ich friere!«, jammerte Tommi.

An der gegenüberliegenden Straßenecke befand sich ein Laden. Die Verkäuferin blickte unfreundlich auf, als die drei nassen Gestalten das Geschäft betraten.

»Bitte entschuldigen Sie...«, setzte die Mutter an.

»Wenn Sie sich nur unterstellen wollen«, sagte die Verkäuferin, »dann bleiben Sie bitte draußen im Windfang stehen.«

Die Mutter zog die Kinder zum Ausgang. Aber Hanna riss ihr den Zettel aus der Hand. »Wir kommen aus Potsdam«, sagte sie. »Wir suchen unseren Vater. Bitte helfen Sie uns.«

»Ihr kommt aus dem Osten?«, fragte die Verkäuferin mit plötzlichem Interesse. »Und der Papa hat euch verlassen? Das hört man jetzt viel. Die Väter flüchten in den Westen und lassen ihre Familien im Elend zurück. Die Ost-Frauen haben sich viel zu lange unter der Männerherrschaft geduckt.« Sie begann mit einer umständlichen Erklärung. Zum Bahnhof Zoo sollten sie fahren, sie wären nämlich zu früh aus der S-Bahn ausgestiegen und dann müssten sie noch mit der U-Bahn fahren oder mit dem Bus, aber sie könnten auch gleich von hier aus mit dem Bus und dann umsteigen... »Alles klar?«, fragte die Verkäuferin.

»Warum fahren wir denn nicht mit dem Taxi?«, bettelte Tommi, als sie wieder in den Regen hinaustraten.

»Also gut!«, seufzte die Mutter.

Ehe sie in das nächste Taxi einstiegen, fragte sie erst, was die Fahrt kosten würde, und zählte ihr Geld. Es war zu wenig.

»Können wir nicht mit Ostgeld bezahlen?«, fragte Tommi. »Mama, mir ist so furchtbar kalt!«

»Halt den Mund!«, zischte Hanna.

Die Taxifahrerin sagte: »Steigt ein. Es wird schon reichen.« Sie hatte eine tiefe, rauhe Stimme und war mindestens sechzig Jahre alt. Sie jagte den Wagen durch die gewaltigen Pfützen unter der Bahnbrücke. Wasserkaskaden klatschten gegen die bunt besprühten Wände der Unterführung. »Im Oktober haben die DDR-Bürger noch für die Freiheit demonstriert«, sagte die Fahrerin. »Jetzt gehen sie für die D-Mark auf die Straße. Die DDR ist am Ende. Eigentlich schade.«

»Wieso sagen Sie das?«, wunderte sich Hanna.

Die Fahrerin lachte und trat aufs Gaspedal, um noch bei Gelb über eine Kreuzung zu kommen. »War doch schön, so 'ne Alternative dicht vor der eigenen Haustür. Ein Beweis dafür, dass Geld nicht alles ist im Leben. Aber eure Politiker haben alles versaut. Genauso wie unsere. Die Leute in Ost und West sollten sich zusammentun und die Regierungen abschaffen.« Wieder lachte die Frau.

»Meinen Sie das im Ernst?«, fragte Tommi gespannt.

Aber die Frau antwortete nicht. Sie warf einen Seitenblick auf die Mutter und zog ein Päckchen Papiertaschentücher aus dem Handschuhfach: Die Mutter weinte.

»Entschuldigen Sie, ich bin einfach mit meinen Nerven am Ende. Ich habe meinen Mann ein halbes Jahr nicht gesehen. Er ist abgeschoben worden. Es ist alles so... so...«

»Sieht aus, als ob es aufhört zu regnen«, sagte die Fahrerin. »Sie werden sehn, junge Frau, jetzt fängt für uns alle ein neues Leben an. Die Welt ist groß und nicht überall so bekloppt wie hier.« Der Wagen bremste und stand. Die Fahrerin zeigte auf ein altes Mietshaus, das zweifarbig gestrichen war und einen gläsernen Dachaufbau hatte. »Da wären wir. Kinder, nehmt eure Mutter in die Mitte und dann ab zu Vatern! Viel Glück!«

Tommi kicherte nervös. »Das Haus sieht aus wie 'ne Himbeertorte mit Sahne«, flüsterte er seiner Schwester zu.

Das Taxi fuhr los und verschwand um die Ecke, ehe Lisa überhaupt nach dem Fahrpreis gefragt hatte.

»Sie kommen! Sie kommen!« Die schrille Stimme fuhr durch das Treppenhaus wie ein Alarmsignal. Hanna blickte nach oben. Auf dem letzten Treppenabsatz, unter der gläsernen Kuppel, beugte sich jemand über das Geländer, ein Jemand mit leuchtend blauen Haaren, dessen Gesicht von einer Videokamera verdeckt wurde. Das Objektiv war auf die drei Ankömmlinge gerichtet, es verfolgte jede ihrer Bewegungen, bis sie endlich in der fünften Etage ankamen.

»Hi!«, sagte das blauhaarige Mädchen. »Ich bin Jaqueline.«

Hanna empfand es als unangenehm, zur Begrüßung gefilmt zu werden, aber sie würde bestimmt nicht fragen, was das sollte, vielleicht war das hier so üblich, und außerdem war es egal, denn in der Tür stand der Vater, endlich.

Eine seltsame Scheu hinderte Hanna daran, den Vater einfach zu umarmen, wie sie es sich vorgestellt hatte und wie Tommi und die Mutter es taten. Der Vater sah fremd aus. Er war dicker geworden und er hatte einen Anzug an. Nie hatte der Vater Anzüge getragen, nie. Zögernd streckte Hanna ihm die Hand entgegen.

»Tag, Papa«, flüsterte sie heiser und die Kamera schnurrte, als der Vater Hanna an sich zog.

Die Wohnung gehörte Jaquelines Vater, er hieß Karlssen und war Fernsehproduzent. Als die Grenzposten an der Glienicker Brücke den Vater nicht in seine Heimatstadt hineingelassen hatten, hatte Karlssen ihn bei sich aufgenommen.

Außer dem Hausherrn und seiner Frau war noch ein Journalist da, der Wolf hieß und mit Hannas Vater ein Interview für eine Zeitschrift machen wollte. Alle waren in aufgekratzter Stimmung und freuten sich, dass die getrennte Familie endlich wieder zusammen sein konnte, nur der Vater war seltsam ernst.

Karlssens Frau begrüßte Lisa, Hanna und Tommi, indem sie die Luft neben ihren Wangen küsste. »Meine Freunde nennen mich Charly«, sagte sie. »Wir haben ein kleines Essen vorbereitet. Wie wär's mit einem Shrimps-Cocktail vorweg und dazu vielleicht ein trockener Sherry?«

Lisa lachte verlegen. »Ich habe noch nie Sherry getrunken. Und Shrimps-Cocktail kenne ich auch nicht. Also probiere ich beides!«

»Gibt es bei euch keinen Sherry?«, fragte Charly mitleidig. »Keine Shrimps? Es ist mir ein Rätsel, wie ihr dort überhaupt leben könnt.«

Die Kinder bekamen Cola und alle prosteten sich zu, alle außer Jaqueline, die wegen der Kamera keine Hand frei hatte, um ein Glas zu halten.

Interessiert stocherte Tommi in seinen Shrimps. »Das sind ja bloß Krabben«, murmelte er enttäuscht.

»Aber original Coke!«, sagte Jaqueline. »So was kennt ihr doch gar nicht.«

»Nimm die Kamera vor meiner Nase weg«, zischte Tommi. »Du bist doch total bescheuert.«

»Bescheuert ist out«, belehrte ihn Jaqueline. »Aber das lernt ihr alles noch, wenn ihr erst 'ne Weile hier seid.«

»Und du bist mega-out!«, sagte Tommi. »Wir bleiben bestimmt nicht hier, da kannste Gift drauf nehmen.«

»Wollt ihr etwa zurück??«, fragte Jaqueline entgeistert. »In den Osten?«

»Was hast du denn gedacht!«, sagte Hanna und zog Tommi weg. Schließlich waren sie wegen Papa gekommen!

»Find ich eigentlich cool«, rief Jaqueline ihnen nach.

Die Erwachsenen saßen um einen Glastisch herum. Die Sessel erinnerten Hanna an Zahnarztstühle.

»Ich habe ein Geschenk für dich, Papa!«, sagte Tommi. Er hielt dem Vater das eingewickelte Päckchen hin, in dem die beiden Tagebücher waren – das erste, das er nach dem Ferienlager begonnen hatte, und das zweite, das die Fortsetzung seit dem 7. Oktober enthielt.

Der Vater öffnete eins der Hefte und sah, wie dicht die Seiten beschrieben waren. »Da bist du aber sehr fleißig gewesen!«, sagte er beeindruckt. »Ich werde es gleich morgen im Flugzeug lesen, bestimmt!«

Die Mutter sagte: »Dann kannst du dir vielleicht vorstellen, wie es uns ergangen ist.«

»Ich bin so froh, dass wir wieder zusammen sind.« Der Vater trank einen großen Schluck Wein, seine Stimme zitterte. »Richtig glücklich! Ich habe gefürchtet, dass ihr nicht kommt, aus irgendeinem Grund, und dass ich zurück nach Amerika muss, ohne euch gesehen zu haben. Warum habt ihr bloß meine Briefe nicht beantwortet! Und euer Telefon war immer besetzt! Bei der Oma habe ich auch angerufen, immer wieder – nie ist jemand ans Telefon gegangen. Karlssen hat für mich bei der Auskunft nachgefragt und ihm wurde gesagt, der Anschluss wäre abgemeldet. Das kam mir alles sehr rätselhaft vor.«

»Wir haben keine Briefe von dir bekommen!«, sagte Hanna. »Nur den einen, in der Tüte mit dem Geld. Das Telefon haben sie uns weggenommen. Und die Oma lebt nicht mehr. Zu meinem Geburtstag war die Beerdigung.«

Alle starrten Hanna erschrocken an.

»Wie furchtbar!«, sagte Charly.

In die plötzliche Stille hinein sagte Tommi: »Sie ist in der Nacht gestorben, in der Mama verhaftet wurde.«

»Verhaftet – du??« Fassungslos griff der Vater nach Mutters Hand.

Lisa zog den Arm weg. »Du weißt gar nichts über uns.«

Der Vater sagte aufgeregt: »Ich habe nur die eine einzige Karte bekommen: Es geht uns gut, wir warten auf dich! Woher sollte ich wissen... Ich hätte es mir denken sollen. Aber ich war froh, aus dem Gefängnis heraus zu sein. Niemand kann sich vorstellen, wie das ist!«

»Ich kann es mir vorstellen!«, sagte Lisa trocken.

»Entschuldige, natürlich!« Der Vater verstummte und starrte auf seine Bügelfalten.

Wolf blätterte in den Tagebüchern. »Mauerland ist abgebrannt«, sagte er bewundernd. »Das ist 'ne geniale Zeile.« Tommi warf Hanna einen triumphierenden Blick zu. Wolf fand Tommis Bericht über den siebenten Oktober und die drei Tage danach, überflog rasch ein paar Seiten und fragte, ob er sich davon Kopien machen dürfe. »Das könnten wir vielleicht in unserer nächsten Ausgabe drucken, das ist ein brandheißes Zeitdokument!«

»Es gehört Papa!«, protestierte Tommi.

»Natürlich!«, beruhigte ihn Wolf. »Ich will es ihm ja nicht wegnehmen. Du bekommst natürlich ein Honorar dafür.«

»Heißt das, ich kriege es bezahlt? Wieviel?«

Die Erwachsenen lachten. Wolf meinte, es wäre wohl genug, um dafür einen Computer kaufen zu können.

»Einen Computer!«, stöhnte Tommi hingerissen.

»Dann werde ich jetzt ein paar Fotos machen«, sagte Wolf. Schon zuckte das Blitzlicht zwischen den Gläsern und Schüsseln. Jaqueline filmte den fotografierenden Wolf.

»Nein!«, sagte plötzlich die Mutter. »Jetzt ist Schluss, weg mit den Kameras. So habe ich mir unser Wiedersehen nicht vorgestellt. Können wir nicht irgendwohin gehen, wo wir allein sind?«

Der Vater schaute die Mutter mit einem gequälten Blick an.

»Ich hör ja schon auf!« Wolf legte die Kamera beiseite.

»Wieso bleibst du nicht länger hier?«, fragte Hanna.

»Ich habe einen Vertrag, der geht bis Weihnachten, so lange muss ich meine Verpflichtungen an der Uni erfüllen«, antwortete der Vater. »Es geht nicht anders. Das ist ein Stipendium und es ist an eine Anwesenheitspflicht gebunden, wenn ich das nicht akzeptiere, muss ich das Stipendium zurückzahlen.«

»Aber die Mauer ist offen!«, rief Tommi. »Da müssen sie doch einsehen, dass...?!«

»Amerika ist weit weg«, sagte der Vater. »Wir sind hier nicht der Mittelpunkt der Welt, auch wenn uns das im Moment so vorkommt. Ich muss morgen zurück. Ich hab's versucht und ich habe ein paar Tage frei bekommen. Wollen wir die kurze Zeit nicht einfach genießen, hm? Wir haben schon November – das Jahr ist bald um, dann komme ich zurück! Wenn ich geahnt hätte, dass wir uns so bald wiedersehen können, hätte ich das Stipendium vielleicht nicht angenommen. Niemand konnte das ahnen... Allerdings hatte ich gedacht, ich könnte die paar Tage zu Hause bei euch in Potsdam verbringen.«

Wolf sagte: »Ich schlage vor, wir gehen jetzt mal runter an die Ecke und trinken ein Bier.«

»Bier?«, fragte Charly befremdet. »Und was ist mit dem Wein und dem Essen?«

»Komm schon!« Karlssen zog sie zur Tür.

Der Vater sagte zu Tommi und Hanna: »Könnt ihr für ein paar Minuten in die Küche gehen? Wir müssen allein miteinander reden.«

In der Küche brannte nur eine kleine Leuchtröhre über dem Herd. Hanna und Tommi standen vor dem raumbreiten Fenster und schauten hinunter auf die Stadt. Hanna hätte geschworen, dass seit ihrer Ankunft nicht mehr als zwanzig Minuten vergangen wären. Aber an der Küchenwand hing eine Bahnhofsuhr: Sie waren schon mehr als zwei Stunden in Karlssens Wohnung. Dunkelheit lag über der Stadt. Aber das war eine andere Dunkelheit als die in der Zeppelinstraße! Unten vor dem Haus erblickte Hanna einen hell erleuchteten Platz, der von Geschäften mit gleißenden Schaufenstern umgeben war. Die roten und gelben Lichter der Autos schwirrten wie tropische Insektenschwärme durch die Straßen. Glühlampenschnüre überspannten die Fahrbahnen, selbst die Bäume waren illuminiert. Leuchtende Buchstaben schmückten die Fassaden, verloschen, zuckten wieder auf, wie Feuerwerk. Sogar die Pfützen, die das vielfarbige Licht spiegelten, sahen irgendwie fröhlich aus. Hanna dachte an eine Stelle aus dem Buch, das sie vorgestern gelesen hatte und in dem eine orientalische Stadt beschrieben wurde. Sie glänzte wie ein kostbares Geschmeide, hieß es dort. Ja, dachte Hanna, auch diese Stadt sieht aus wie ein Geschmeide. Und sie wunderte sich, dass dieser Gedanke sie traurig machte.

»Wieso stehen wir hier allein in der Küche rum!«, maulte Tommi. »Schließlich ist Papa extra unseretwegen aus Amerika gekommen!«

»Irrtum!«, antwortete eine Stimme aus dem Dunkel.

»Was machst du denn hier?«, fragte Hanna erschrocken. »Seid ihr schon wieder da?«

Jaqueline lachte. »Ich geh doch nicht mit den Alten in die Kneipe!« Sie hatte eine seltsame Art zu lachen, sie hielt die Lippen fest zusammengepresst und stieß die Luft in tonlosen Rucken durch die Nase aus.

»Wieso Irrtum?«, fragte Tommi.

»Naja – er ist nicht euretwegen gekommen. Er ist hier wegen des Filmvertrages. Mein Daddy macht einen Film nach seinem Roman und euer Vater schreibt das Drehbuch.«

Das glaube ich nicht! dachte Hanna. Am Telefon hatte der Vater so glücklich geklungen und der Grund dafür war bestimmt kein Filmdrehbuch! Und zu Weihnachten kommt er zurück – für immer!

»Macht euch nichts draus«, sagte Jaqueline. »Sobald jemand über zwanzig ist, dreht sich sowieso nur noch alles um Geld und Erfolg. Bei mir wird das ganz anders sein, echt! Wie findest du übrigens meine Haarfarbe?«

Hanna hob die Schultern. Jaquelines Haare waren ihr wirklich egal.

195

»Eigentlich wollte ich Wildpflaume nehmen, aber Kobalt ist extremer, findest du nicht? – He, was ist, heulst du?«

Wütend schüttelte Hanna den Kopf. »Wenn du jetzt deine Kamera laufen lässt, schmeiß ich sie aus dem Fenster!«, fauchte sie und wischte sich mit dem Handrücken die Wangen ab.

»Ist ja gut. Ich drehe ein Video über euren Vater. Und euer Besuch heute, das ist einfach 'ne geile Szene. Da kann ich nicht sagen: Das geht mich nichts an, das darf ich nicht, das ist taktlos! Da muss ich eben draufhalten!«

Tommi schnaubte höhnisch durch die Nase. »Was wirst du schon für'n Video machen... Du gehst doch höchstens in die Neunte!«

»Achte«, sagte Jaqueline. »Ich bin einmal hängen geblieben. Ich steh nicht besonders auf Schule. Nächstes Jahr geh ich ab und arbeite bei meinem Vater in der Firma. Dort lerne ich alles, was ich brauche, Kamera, Schnitt, Ton – alles. Ich werde Filmemacherin.«

»Musst du dafür nicht studieren?«, fragte Hanna.

»Nee. Das müsste ich höchstens, wenn ich Daddy nicht hätte. Meine Mutter ist dagegen, dass ich von der Schule abgehe. Aber Daddy und Charly werden sie schon überzeugen.«

»Ist Charly nicht deine Mutter?«, fragte Tommi.

Jaqueline lachte so, dass sie gegen den Kühlschrank taumelte. »Charly ist Daddys vierte Frau. Meine Mutter war die zweite. Aber ich bin sein einziges Kind und deswegen tut er alles für mich. Er will mich sogar im nächsten Sommer für zwei Monate nach Amerika schicken. Ich würde allerdings lieber in die DDR fahren – die gibt's womöglich bald nicht mehr, sagt mein Vater. Amerika kann ich mir auch in hundert Jahren noch ansehen. Könnt ihr mich nicht mal einladen? Ich hab überhaupt keine Vorstellung davon, wie ihr so lebt. Schule muss bei euch noch grässlicher sein als bei uns. Ich hab das im Fernsehen gesehn – Fahnenappell, Russischunterricht, in Bankreihen sitzen und aufstehen, wenn man 'ne Antwort gibt! Ätzend!«

»Ja«, sagte Hanna zu ihrer eigenen Überraschung. »Wir laden dich ein.« Sie fühlte plötzlich so etwas wie Sympathie für das blauhaarige Mädchen und war neugierig darauf, es kennenzulernen. Jaqueline, ein Wesen vom anderen Stern. Und dass Jaqueline gesagt hatte, die DDR würde es bald nicht mehr geben, erschien ihr auf einmal gar nicht mehr so unvorstellbar. Der Vater würde zurückkommen, alles würde sein wie früher – aber ganz anders.

Im Morgengrauen brachte Wolf den Vater mit Lisa und den Kindern in seinem klapprigen roten Auto zum Flughafen Tegel. Hanna war noch nie auf einem Flughafen gewesen. Aber das bunte, weltstädtische Gewimmel flimmerte wie hinter einer Scheibe an ihr vorüber, sie war todmüde und verfroren und hatte Angst vor dem Abschied. Der Vater trat in eine gläserne Schleuse, ein Mann in Uniform kontrollierte seinen Pass, andere Uniformierte tasteten seinen Körper ab und dann war er verschwunden. Hanna zitterte.

»Er kommt bald wieder«, hörte sie Wolf sagen.

Durch eine Glaswand beobachteten sie den Abflug, aber für Hanna sah dieses eine Flugzeug wie all die anderen aus, die da draußen standen, abflogen, ankamen. Der Vater war wieder unerreichbar.

Überraschender Besuch

Am Freitag verkündete Küsschen in der letzten Stunde eine freudige Nachricht: Ab sofort gab es samstags keinen Unterricht mehr. Begeistertes Gejohle füllte den Klassenraum.

»Das war sowieso überfällig!«, rief Monika.

Küsschen warf ihr einen finsteren Blick zu, sagte aber nichts – sie hätte es in dem Lärm sowieso nicht gehört. Monika Michel hatte an den Samstagen seit der Maueröffnung in der Schule gefehlt, sie war angeblich krank gewesen. Sie machte aber kein Geheimnis daraus, dass sie mit ihren Eltern an den Wochenenden unterwegs gewesen war: bei ihrem Onkel in Wuppertal und bei ihrer Oma in Schleswig-Holstein. Monika war nicht die Einzige, die den Samstagsunterricht boykottiert hatte. In allen Schulen waren die Klassen halb leer gewesen und deshalb brüstete sich Monika, dass der schulfreie Samstag eigentlich solchen mutigen Schulschwänzern wie ihr zu verdanken sei.

Als Hanna und Olli aus dem Schulhaus traten, begann es zu schneien.

Die ersten Schneeflocken dieses Winters fielen auf die Betonplatten des Schulhofes und tauten dort sofort zu nassen Flecken. Aber der Flockenwirbel wurde immer dichter und bald lag auf den Grünstreifen neben den Bürgersteigen ein weißer Pelz.

»Was machen wir morgen?«, fragte Hanna.

Olli hatte offenbar schon darüber nachgedacht, denn er antwortete sofort:»Ich gehe in die Villa. Mein erstes Bild ist fast fertig! Wenn es getrocknet ist, wird es gefirnisst, und dann...«

»Was dann?«, fragte Hanna.

»Naja«, murmelte Olli verlegen. »Es ist bald Weihnachten. Das Bild soll ein Weihnachtsgeschenk sein. Ich habe die drei Pappeln gemalt!«

»Toll! Da werden sich deine Eltern aber freuen!«

Doch Olli hatte das Bild nicht für seine Eltern gemalt. »Die finden sowieso, das Malen ist bloß Zeitverschwendung. Sie glauben mir nicht, dass ich nicht Schweißer werden will... Das Bild ist für dich.«

»Wirklich?!« Hanna blieb stehen und strahlte Olli an.

Der zuckte mit den Schultern. »Jetzt ärgere ich mich schon, dass ich es dir verraten habe. Nun ist es ja keine Überraschung mehr!«

»Doch! Ich weiß ja nicht, wie das Bild aussieht! Olli, ich glaube dir, dass du Maler werden willst. Küsschen hat dich ja auch ermutigt, oder? Und Frau Peters hat mit deinen Eltern geredet, dass sie dich weiter zur Schule gehen lassen sollen! Vielleicht sind wir dann zusammen in einer Klasse, bis zum Abitur!«

»Ja«, sagte Olli. »Und danach bleiben wir auch zusammen.«

Verblüfft blieb Hanna stehen und starrte den Freund an. »Wieso danach? Ich weiß doch überhaupt noch nicht, was ich später werden will. Bestimmt nicht Malerin!«

Olli war ganz rot im Gesicht geworden. »Es ist mir egal, was du später für einen Beruf hast«, sagte er. »Ich kann mir bloß nicht vorstellen, dass wir irgendwann nicht mehr zusammen in der Zeppelinstraße wohnen. Dass wir uns trennen und jeder woanders hin geht. Ich will immer mit dir zusammenbleiben. Das meine ich genauso ernst wie das mit dem Bilder malen.«

Hanna wusste nicht, was sie sagen sollte. Sie hatte an Olli immer wie an einen Bruder gedacht und seine Nähe war ihr als etwas Selbstverständliches erschienen, nie hatte sie in seiner Gegenwart diese atemlose, prickelnde Aufregung empfunden wie bei Peepee. »Olli, du bist doch mein bester Freund«, sagte sie schließlich. »Für immer!«

Das war wohl nicht das, was Olli gemeint hatte. Er stieß einen undeutlichen Laut aus, einen Seufzer vielleicht, der als weiße Wolke mit dem Schnee zur Erde sank. Schweigend trottete Olli neben Hanna her, durch das Schneetreiben, bis in die Zeppelinstraße.

Tommi hatte freitags eine Stunde eher Schulschluss und war deshalb schon zu Hause. »Hanna!«, schrie er und kam in den Flur gestürmt. »Hanna! Ich bin berühmt!«

Hanna grunzte erheitert. »Bist du jetzt übergeschnappt?«

Tommi zerrte Hanna ins Arbeitszimmer. Als Hanna den Mann am Schreibtisch sah, setzte ihr Herzschlag für eine Sekunde aus. Aber das war nicht der Vater, der dort mit dem Rücken zur Tür saß, das war Wolf, der Journalist, den sie in Westberlin kennengelernt hatten. Zwei Wochen war das her und sie hatten noch keine Nachricht vom Vater aus Amerika bekommen. Dabei hatten sie angenommen, dass nach der Maueröffnung das Schwarze Kabinett abgeschafft worden wäre – aber das war wohl ein Irrtum gewesen.

Wolf begrüßte Hanna und sie sah, dass auf dem Schreibtisch ein Computer stand.

200

»Das ist meiner!«, rief Tommi. »Stell dir vor, der gehört mir! Ich bin bestimmt der Einzige an der ganzen Schule, der einen Computer hat!«

»Wirklich? Der gehört dir??«

»Wirklich!«, sagte Wolf und lachte.

Die Mutter streckte Hanna eine aufgeschlagene Zeitschrift entgegen. »Mauerland ist abgebrannt!«, stand da mit großen Buchstaben quer über die ganze Seite gedruckt. Sprachlos starrte Hanna auf die Fotos: Da waren sie alle vier, die Eltern, Tommi, sie selbst... Ein Foto zeigte eine Szene vom Polizeieinsatz gegen die Demonstranten in Berlin, am 7. Oktober. Und der Text dazu stammte tatsächlich aus Tommis Tagebuch!

»Das gibt's nicht!«, sagte Hanna hingerissen. »Können wir die Zeitschrift behalten? Für Papa! – Aber wahrscheinlich kommt sie sowieso nicht an...«

Wolf sagte: »Eurem Vater habe ich schon ein Exemplar geschickt. Ich habe auch mit ihm telefoniert. Und einen Brief für euch mitgebracht!«

Begierig riss ihm Hanna den Umschlag mit dem blauen Luftpostaufkleber aus der Hand. Der Vater beschrieb, wie schwierig es war, von Amerika aus seine Wiedereinbürgerung zu betreiben. Die neue DDR-Regierung hatte zwar alle, die das Land verlassen hatten, zur Rückkehr aufgefordert, aber die Behörden taten sich schwer damit, diese Aufforderung in praktische Maßnahmen umzusetzen. Hanna las das Versprechen, dass der Vater trotz des Papierkrieges Weihnachten bei ihnen sein wollte, um nie, nie mehr fortzugehen. »Ich habe Tommis Tagebücher gelesen«, stand am Schluss des Briefes. »Und ich kann mir jetzt endlich vorstellen, wie es euch ergangen ist. Ich bin sehr stolz auf euch.«

»Heute ist ein toller Tag!«, sagte Hanna leise.

»Genau!«, rief Tommi inbrünstig. »Jetzt zeigt mir Wolf, wie der Computer funktioniert, dann schreibe ich damit einen Brief an Papa, und Wolf steckt ihn in Westberlin in den Briefkasten.«

»Wir schreiben ihm alle drei!«, sagte die Mutter. »Und dazu brauchen wir nicht unbedingt einen Computer.«

Da klingelte es. Hanna öffnete die Tür. Draußen standen zwei Frauen. Die jüngere hielt ihr einen Ausweis vors Gesicht und sagte: »Rat der Stadt, Abteilung Jugendhilfe. Dürfen wir reinkommen?«

Die Frauen blieben mehr als eine Stunde in der Wohnung. Sie besichtigten das Kinderzimmer, das Bad und auch die Küche, wo an der Leine noch immer die Fotos von der Glienicker Brücke hingen. Die Frauen machten sich Notizen für ihre Akten, dann ließen sie sich im Wohnzimmer nieder, um Tommi, Hanna und der Mutter eine Menge Fragen zu stellen. Alle Antworten wurden in einem Protokoll festgehalten. Sie hatten auch einen Schnellhefter mitgebracht, in dem offenbar alles stand, was dem Amt über die Familie Herold bekannt war. Dass Tommi Bettnässer und Hanna nicht Mitglied der FDJ war, dass die Mutter bei der Post fristlos entlassen worden war und dass sie im Oktober drei Tage in Polizeigewahrsam verbracht hatte. Sie wollten wissen, wovon Lisa Herold ihre Kinder ernährte, ob sie von ihrem Mann Westgeld erhielte, ob sie Beziehungen zu anderen Männern hätte. Ob die Kinder Taschengeld bekämen und ob sie tagsüber beaufsichtigt würden, während die

Mutter zur Arbeit war. Ob sie Westsender sehen dürften. Ob sie Kontakt zu westdeutschen oder amerikanischen Bürgern hätten. Ob Hanna einen Freund hätte.

Die ganze Zeit fürchtete Hanna, dass die beiden auch noch das Arbeitszimmer sehen wollten, dort den Computer und den fremden Mann entdeckten und erfuhren, dass beide aus dem Westen stammten. Aber vielleicht stand ja in ihrer Akte, dass das Arbeitszimmer versiegelt wäre.

»Mein Mann ist widerrechtlich verhaftet und abgeschoben worden!«, sagte Lisa aufgebracht. »Und er kommt noch diesen Monat zurück nach Potsdam! Für immer! Ich verstehe nicht, was Ihr Besuch überhaupt zu bedeuten hat!«

»Ihr Mann hat die Republik verlassen und in solchen Fällen sind wir verpflichtet, uns um die Kinder zu kümmern«, sagte die jüngere Frau. Und die ältere fügte hinzu: »Wenn wir einschätzen können, dass Sie Ihre Erziehungspflichten ordnungsgemäß erfüllen, bleibt es bei gelegentlichen Routinekontrollen. Wenn nicht, werden von unserer Dienststelle Maßnahmen eingeleitet. Allerdings macht das hier alles einen recht ordentlichen Eindruck. Die Kinder dürfen bei Ihnen bleiben, so viel können wir schon sagen.«

Tommi und Hanna warfen sich einen verstohlenen Blick zu. Beide dachten sie an Tommis Angst vor dem Kinderheim in den Tagen nach Vaters Verhaftung – und später, im Oktober, als sie nicht wussten, wo die Mutter war.

»Warum kommen Sie ausgerechnet jetzt, wo sich in der DDR die Verhältnisse geändert haben? Wir haben eine neue Regierung, die Stasi ist entmachtet...!«

»Was wollen Sie damit sagen?«, fragte die Ältere streng.

»Unsere Arbeit hat doch mit der Staatssicherheit nichts zu

tun! Ein paar Demonstranten in Sachsen verlangen die deutsche Wiedervereinigung, na und? Das ist überhaupt nicht relevant. Erich Honecker ist zwar zurückgetreten, aber unsere Gesetze müssen natürlich weiterhin eingehalten werden. Das gilt auch für Ihre Familie.«

Und die Jüngere sagte: »Wir haben Ihren Fall erst jetzt auf unseren Tisch bekommen. Es gibt eben sehr viel zu tun. Auf Wiedersehen, Frau Herold. Wenn Sie Probleme haben, können Sie sich jederzeit vertrauensvoll an uns wenden.«

Längst hatte Wolf das Haus in der Zeppelinstraße verlassen, um mit den Briefen an den Vater in der Tasche zurück nach Westberlin zu fahren, längst lag Dunkelheit über der Stadt und eine dichte Schneedecke auf den Straßen, da hockte Tommi noch immer vor seinem Computer und die Mutter regte sich noch immer über den Besuch der Jugendhilfe-Frauen auf. Sie ärgerte sich, dass sie nicht gewagt hatte, die beiden zu fotografieren, wie sie mit ihren Papieren auf dem Sofa thronten und eine Macht verkörperten, die es eigentlich schon gar nicht mehr gab.

»Trotzdem ist heute ein toller Tag!«, sagte Hanna noch einmal. »Endlich haben wir Post von Papa. Und zu Weihnachten sind wir wieder alle zusammen!«

»Aber es wird anders sein als früher«, sagte die Mutter.

Wieso, wollte Hanna fragen. Aber da fiel ihr ein, dass sie dasselbe auch schon gedacht hatte, bei Jaqueline in der Küche, während die Eltern nebenan über die Vergangenheit und vielleicht auch über die Zukunft gesprochen hatten. Es wird anders sein – aber wie?! »Es wird viel schöner als früher, bestimmt!«, sagte Hanna leise. »Dass die Grenze offen ist, und dass sich alles ändern wird in der DDR, das ist doch erst richtig toll, weil Papa wiederkommt.«

»Ja«, sagte die Mutter lächelnd.

Da klingelte es schon wieder. Diesmal ging die Mutter öffnen, und Hanna hörte sie im Flur überrascht aufschreien.

Papa! dachte Hanna und rannte hinaus.

Aber im Korridor stand Frau Aveling mit einem Baby auf dem Arm, und neben ihr ein schwarzhaariger Mann, der so groß war, dass er sich unter der Tür bücken musste, als sie alle zusammen ins Wohnzimmer traten.

Frau Aveling war gar nicht im Erholungsheim gewesen. Im August hatte sie sich in einen Zug gesetzt und war nach Prag gefahren, um dort in der westdeutschen Botschaft Asyl zu erbitten. Sie war eine der Letzten, die noch einen Schlafplatz im Botschaftsgebäude bekamen. In den Tagen nach ihrer Ankunft waren Hunderte von Ausreisewilligen vor den Augen der tschechischen Polizisten über den Zaun gestiegen, sie schliefen unter Plastikplanen im Botschafts-garten und harrten geduldig aus, bis sie nach drei Wochen in Sonderzügen ausreisen durften. Sie war sofort nach Westberlin gefahren, sie hatte dort endlich ihren Freund Alexander wiedergetroffen und im Oktober ihren Sohn zur Welt gebracht. Jetzt kehrte sie zurück in die Zeppelinstraße, wo niemand etwas von ihrer abenteuerlichen Reise gewusst hatte.

»Alexander stammt aus Leningrad«, erzählte sie. »Er war dort Musiker, Klarinettist.«

»In der Philharmonie«, sagte Alexander. »Aber im vori-gen Jahr gab es plötzlich nicht mehr genug Geld für das Or-chester. Ich habe meine Arbeit verloren. Danach wollte ich auswandern, bekam jedoch keine Genehmigung, weil ich keine Verwandten im Ausland hatte. Nur nach Israel hätte ich gedurft, weil ich jüdische Vorfahren habe. Also bin ich nach Israel ausgewandert. Aber was sollte ich dort? Ich kannte die Sprache nicht, die Religion ist mir fremd, und einen Klarinettisten brauchten sie dort auch nicht!« Er lachte, als wäre das besonders komisch. »Eine Hilfsorganisation bezahlte mir die Reise nach Deutschland. Ich habe in Berlin auf der Straße Musik gemacht, in U-Bahnhöfen, manchmal auch in Kirchen. Und dann habe ich Gudrun getroffen!«

»Wie ist denn Gudrun, ich meine Frau Aveling, nach Westberlin gekommen?«, wunderte sich Hanna, der es schwer fiel, ihre Aufmerksamkeit zwischen dem Baby und den Erzählungen der Erwachsenen zu teilen.

Gudrun sagte: »Bei meinem Bruder in Mahnsdorf haben wir uns kennengelernt. Eine Gruppe von der Partnergemeinde aus Westberlin kam in seine Kirche, sie haben Alexander mitgebracht. Ich habe bei diesem Treffen Klavier gespielt und er hat Klarinette geblasen – und so ist es eben passiert. Wir haben uns sofort ineinander verliebt. Am nächsten Tag musste er zurückfahren und wir wussten nicht, wie wir wieder zusammenkommen sollten. Wir haben uns manchmal in Mahnsdorf getroffen, immer nur für ein, zwei Tage...«

»Jetzt trennen wir uns nie mehr!« Alexander hob das Baby hoch und legte es an seine Schulter. »Er heißt Dawid, wie mein Vater!«

»Wollt ihr alle drei da oben wohnen, in dem einen Zimmer?«, fragte Hanna.

Gudrun zuckte mit der Schulter. »Wir werden schon was

finden. Vielleicht bleiben wir gar nicht hier. Ich will wieder studieren. Jetzt ist es kein Makel mehr, wenn man in der DDR aus politischen Gründen eingesperrt war! Und sobald wir alle Papiere zusammenhaben, heiraten wir. Aber ich rede immer nur von uns. Wie geht es Ihrem Mann?«

Bis in die Nacht hinein saßen sie zusammen, sie aßen und unterhielten sich, der Ärger über den Amtsbesuch vom Nachmittag war vergessen. Gudrun stillte Dawid und Alexander schaukelte das Baby in den Schlaf. Tommi las seinen Tagebuch-Text aus der Zeitschrift vor, die Mutter erzählte von der Arbeit im Postkeller und im Krankenhaus und als sie bei ihrem Neubeginn als Fotografin angelangt war, holte Hanna die Brücken-Fotos aus der Küche und zeigte sie den Gästen.

Da sagte Gudrun plötzlich: »Das wäre doch was für unsere Feier!«

Alexander stimmte ihr zu und dann redeten sie beide gleichzeitig auf die Mutter ein, bis die lachend die Arme hob, weil sie kein Wort verstand. Gudrun erklärte, dass die Kirche ihres Bruders in den letzten beiden Jahren Mittelpunkt einer oppositionellen Gruppe gewesen war, die sich vor allem mit der Zerstörung der Umwelt in der DDR befasste. Nach dem 9. November waren die Mitglieder dieser Gruppe in die Öffentlichkeit getreten. Sie gründeten eine Zeitschrift, organisierten Vorträge, Podiumsgespräche und gemeinsame Aktionen zum Umweltschutz. So etwas hatte es früher in der DDR nicht gegeben und ihre Arbeit fand in den wenigen Wochen ein großes Echo. Am Sonntag vor Weihnachten wollten sich die Gruppenmitglieder in Mahnsdorf treffen, um gemeinsam mit ihren Familien und

Freunden zu feiern. »Alexander und ich, wir musizieren an diesem Nachmittag in der Kirche. Kommen Sie doch hin, mit den Kindern und mit Ihren Freunden!«

»Wir kommen gerne«, sagte die Mutter. »Aber Freunde – die haben wir nicht mehr. Wir haben nur noch Lombachs.«

Hanna stutzte: Die Mutter hatte recht! Es war Hanna bis heute nicht bewusst geworden, dass seit jenem Freitag im Mai keine Gäste mehr in ihrer Wohnung gewesen waren – außer Lombachs und solchen Besuchern wie Ilja Lindner. Nie mehr hatte sich einer von Vaters Schriftstellerkollegen blicken lassen, niemand war gekommen, um ihnen Hilfe anzubieten.

»Und die Fotografien«, sagte Alexander, »die könnten Sie in der Kirche ausstellen! Gudruns Bruder hat schon oft Ausstellungen bei sich gezeigt, aber für das Treffen am letzten Adventssonntag hat er nichts Passendes gefunden.«

Gudrun ergänzte: »Es ist einfach zu viel passiert in den letzten Wochen. Er hat sich kaum noch Zeit zum Essen genommen. Und gestern standen auch noch wir drei plötzlich vor seiner Tür! Bitte, hängen Sie doch die Bilder in der Kirche auf!«

»Warum nicht...«, sagte die Mutter nachdenklich.

Tommi meinte: »Klar! Damit alle Leute sehen können, was du für 'ne tolle Fotografin bist! Dann ist unsere ganze Familie berühmt!«

»Alle, außer mir!«, sagte Hanna.

Advent heißt Ankunft

Die Zeit schien immer schneller zu laufen. In rasender Eile jagte das Jahr seinem Ende zu, der vierte Adventssonntag stand vor der Tür und die Mutter hatte es nicht geschafft, die Ausstellung aufzubauen. Sie war nach ihrem Dienst im Krankenhaus immer so müde, dass sie die Fahrt nach Mahnsdorf von einem Tag auf den anderen verschob.

Am letzten Sonntag vor Weihnachten sanken die Temperaturen tief unter den Nullpunkt. Warm angezogen machten sich Tommi und Hanna mit ihrer Mutter nach dem Frühstück auf den Weg in die Mahnsdorfer Kirche. Olli begleitete sie, um ihnen zu helfen. Außer ihnen waren keine Fahrgäste in dem kalten Bus. Durchfroren kamen sie in Mahnsdorf an. Das letzte Stück Weg rannten sie, um sich aufzuwärmen.

Die Jungen und Mädchen von der Jungen Gemeinde waren schon dabei, die Kirche für die Feier umzuräumen und die beiden Weihnachtsbäume neben dem Altar zu schmücken. Sie bauten auch die Stellwände auf, an denen die Fotos befestigt werden sollten.

Die Mutter hatte schwarzen und weißen Karton besorgt, daraus schnitten Olli und Hanna nach ihren Anweisungen Passepartouts zu. Mittags, als Gudrun Aveling und Alexander kamen, legten sie eine Pause ein, um sich mit Tee und Schmalzstullen zu stärken.

»Habt ihr Dawid zu Hause vergessen?«, fragte Tommi.

Gudrun lachte. »Eigentlich wollten wir ihn mitbringen.

209

Aber weil es so kalt ist, haben wir ihn bei Katja gelassen. Sie ist ganz vernarrt in ihn und will schon ein bisschen Babysitting trainieren, damit sie es kann, wenn Frau Lombach im Frühling ihr Kind bekommt.«

Gudrun packte die Noten aus und klappte das Klavier auf, Alexander zog seine Klarinette aus dem Futteral. Während sie für ihren Auftritt ein allerletztes Mal übten, klebten Olli und Hanna die Schildchen mit den Titeln unter die Bilder.

»Das hat Spaß gemacht!«, sagte Olli zufrieden, als sie endlich fertig waren.

Draußen klappten Autotüren. Die Kirche füllte sich rasch und der Pfarrer jammerte, daß die Stühle wohl nicht reichen würden.

Plötzlich rief Olli: »Dort ist Gernot!«

»Wer ist denn Gernot?«, fragte Hanna.

Olli zeigte zur Kirchentür und Hanna erkannte den Maler aus der Villa, der in ein Gespräch mit dem Pfarrer und Friedo vertieft war. Auch Küsschen war gekommen.

Durch die diskutierenden Grüppchen, die sich vor den Fotowänden drängten, schob sich Hanna zum Portal. Sie wollte mit Friedo reden. Er entdeckte sie und winkte sie heran.

»Friedo, ich muss dich was fragen«, sagte Hanna ohne Umschweife. »Dein Freund Hinky – wo ist er? Seine Werkstatt ist immer noch versiegelt. Es gab doch eine Amnestie – das hat in der Zeitung gestanden!«

Friedo sagte: »Er sitzt noch in Untersuchungshaft. Die Amnestie gilt nur für Häftlinge, die schon verurteilt waren. Sein Prozess beginnt erst im Februar.«

»Aber... ich denke, jetzt ist alles anders?! Eure Umwelt-
gruppe ist doch nicht mehr illegal? Was er auf die Flugblätter gedruckt hat, wird jetzt in öffentlichen Versammlungen
besprochen! Und trotzdem ist Hinky noch eingesperrt?«

Friedo stimmte ihr zu. »Genauso ist es. Wir haben einen
Anwalt beauftragt, sich um seine Freilassung zu bemühen.
Es geht ihm nämlich schlecht, er hat Rheuma und liegt im
Haftkrankenhaus. Wir kriegen ihn raus, bestimmt!«

Gudrun schlug einen Akkord an. Die Leute drängten in
die Stuhlreihen und setzten sich. Das Konzert begann.

Hanna saß zwischen Olli und der Mutter. Sie versuchte,
der Musik zu lauschen, aber in ihrem Kopf schwirrten die
Gedanken durcheinander wie Mücken. Sie fand es erstaun-
lich, dass sie so viele Leute hier in der Kirche kannte, obwohl sie noch nie zuvor hier gewesen war. Und sie alle
kannten sich untereinander, sie waren wie eine große, weit
verzweigte Familie. Und das Merkwürdigste war, dass sie
selber irgendwie dazugehörte. Vielleicht stimmte es doch
nicht, was die Mutter zu Gudrun gesagt hatte: Sie hatten
Freunde, allerdings andere als vor Vaters Verhaftung, und
die saßen hier in der Kirche, zwischen Mutters Fotos.

Allerdings fehlte der Vater in dieser Runde – er fehlte
sehr! In wenigen Tagen war Heiligabend und sie ahnte,
dass der Vater es nicht schaffen würde, bis dahin bei ihnen
zu sein. Friedos Bemerkung über die bürokratischen Hin-
dernisse, die Hinkys Entlassung entgegenstanden, hatten
sie an Vaters Brief erinnert. Die Behördenangestellten arbeiteten genauso weiter wie früher. Als hätte sich nichts geändert. Vielleicht dachten sie, dass die Öffnung der Grenze
ein Irrtum wäre, auf jeden Fall aber etwas Vorübergehendes

und deshalb wollten sie keine Fehler machen, damit niemand sie zur Rechenschaft ziehen könnte, wenn in der DDR irgendwann alles wieder so sein würde wie früher. Hannas Augen füllten sich mit Tränen. Nein, das wird bestimmt nicht passieren, jetzt fängt doch alles erst richtig an, dachte sie. Sie tastete nach Ollis Hand und hielt sich daran fest.

Beifall prasselte los. Das Konzert war beendet. Die Stühle wurden beiseite geräumt, Tee und Weihnachtskekse herumgereicht. Gesprächslärm und Gelächter füllte die Kirche.

»Wir fahren mit dem nächsten Bus nach Hause«, sagte die Mutter. »Ich bin so furchtbar müde.«

Sie sah wirklich sehr erschöpft aus. Hanna suchte Tommi und entdeckte ihn inmitten der jungen Leute, die vorhin die Kirche eingeräumt hatten. Ein Mädchen gab ihm gerade ihre Gitarre und zeigte ihm einen schwierigen Akkord. Er maulte und wollte noch nicht fort. Aber plötzlich wurde sein Blick ganz starr, und er schaute mit offenem Mund zum Eingang.

»Siehst du Gespenster?« Das Mädchen mit der Gitarre stieß Tommi an.

»Papa!«, schrie Tommi. Seine Stimme übertönte das Stimmengewirr und alle Köpfe wendeten sich ihm zu.

Der Vater war gerade hereingekommen. Die Mutter lief auf ihn zu und klammerte sich an ihm fest. Hanna wusste nicht, wie sie durch den großen Raum bis zum Portal gekommen war. Sie stand plötzlich vor dem Vater und umarmte ihn. Ihr Gesicht drückte sich in den Stoff seines Mantels, der einen fremden Geruch ausströmte.

»Bleibst du jetzt da?«, hörte sie Tommi fragen.

»Ja!«, sagte der Vater. »Ja! Ja!«

»Und warum heult ihr dann alle?«, fragte Tommi weiter.

Hanna hob den Kopf. Vaters Mantel war feucht von ihren Tränen. Die Mutter schluchzte. Auch der Vater hatte nasse Augen. Die Gäste umstanden die wiedervereinte Familie und waren auf einmal ganz still.

»Advent heißt Ankunft!«, sagte Gudrun Aveling leise.

Plötzlich knarrte Friedos Stimme durch den Raum. »Klaus Herold ist zurückgekehrt!«, rief er. »Jetzt haben wir einen Mitstreiter mehr!«

Die Gäste klatschten und ließen den Vater hochleben. Mit einem überraschend starken Bass stimmte der Pfarrer ein Danklied an.

Der Vater schob seine Familie aus der Kirche, hinaus in die Kälte. »Ich will jetzt endlich nach Hause«, sagte er.

»Der Bus fährt erst in einer Dreiviertelstunde!«, widersprach Hanna, immer noch schniefend.

Aber der Vater ging zum Parkplatz am Waldrand und schloss ein kleines rotes Auto auf. »Wolf hat's mir geschenkt«, sagte er. »Er wollte sich zu Weihnachten sowieso ein neues kaufen.«

»Einfach so geschenkt – sein Auto??« Ungläubig umkreiste Tommi den Wagen.

Endlich fand die Mutter die Sprache wieder. »Wie hast du uns überhaupt hier gefunden?«

»Ich war bei Lombachs, ganz einfach!«, sagte der Vater.

Da fiel Hanna etwas ein: »Wir müssen Olli mitnehmen!«

Sie sauste in die Kirche zurück, wo die Leute immer noch sangen. Widerspruchslos verabschiedete sich Olli von Gernot und folgte ihr zum Parkplatz. Hinter ihnen her kam plötzlich der Pfarrer gerannt. Seine Jacke flatterte in dem eisigen Wind wie ein Rabenflügel. »Die Papiere!«, rief er. »Wollt ihr nicht die Papiere mitnehmen?« Er reichte ihnen den gelben Chinakoffer mit Vaters Manuskript.

»Mann, ist der schwer!«, ächzte Olli.

Dann saßen sie endlich in dem kleinen Wagen, die Eltern vorn, Olli zwischen den Geschwistern auf der Rückbank. Tommi redete ununterbrochen. Sie fuhren aus dem Ort hinaus, auf die Landstraße. Links und rechts sausten die schwarzen Silhouetten der Bäume vorbei. Ein einziger, ganz heller Stern leuchtete am Himmel, er stand so tief, dass Hanna ihn durch die Windschutzscheibe sehen konnte und es schien, als flögen sie direkt auf ihn zu. Sie erinnerte sich, dass ihnen Küsschen erzählt hatte, wie dieser Stern hieß, aber sie konnte sich an den Namen nicht erinnern. Das gelbe Ortsschild von Potsdam tauchte am rechten Straßenrand auf. Als sie auf die Hochstraße einbogen, verblasste der Stern unter der Lichtglocke, die über der Stadt schwebte.

Tommi rief: »Jetzt rechts um die Ecke!«

»Ich hab's nicht vergessen!«, antwortete der Vater.

Sie fuhren die Zeppelinstraße entlang, der Wagen rollte auf den Hof und blieb unter dem Kastanienbaum stehen. Da waren sie zu Hause.

Erwachsenwerden in schwerer Zeit

Peter Abraham
Piepheini

160 Seiten, ab 12 Jahre
ISBN 3-7707-3040-2

Berlin im letzten Kriegswinter. Weil Heinrich, genannt
»Piepheini« , in der Schule eine unvorsichtige Bemerkung
über das Abhören von Feindsendern gemacht hat, muss die
ganze Familie untertauchen.
Mit seiner Tante Kläre und deren Sohn Leo flieht Heini auf
einen Bauernhof in Pommern. Aber vieles ist ihm rätselhaft:
Warum wird sein Vater von der Polizei gesucht? Und warum benimmt sich Leo immer so merkwürdig? Allmählich
bekommt Heini die Antworten – Antworten, die sein Welt-
bild völlig verändern.

Ellermann Verlag